곰돌이 푸

Winnie-The-Pooh

곰돌이 푸

앨런 알렉산더 밀른 | 전하림 옮김

차 례

크리스토퍼 로빈이 나오는 다른 책도 읽어 봤는지 모르겠지만, 읽은 적이 있다면 크리스토퍼 로빈이 한때 가지고 있던 고니를 기억하나요? (아니, 그 고니가 크리스토퍼 로빈을 가지고 있었다고 하는 게 맞는 말인지도 모르겠네요.) 그때 그 고니의 이름이 푸였지요. 아무튼 그건 오래전의 일이고, 그때 푸 고니와 작별하면서 고니에게는 더 이상 그 이름이 필요하지 않을 것 같아 가져왔었답니다. 그런데 어느 날, 원래 이름이 에드워드인 곰이 자기에게도 폼 나는 이름을 지어 달라고 하는 거예요. 그 말에 크리스토퍼 로빈은 1초도 망설이지 않고 그 이름을 생각해 냈습니다. 그러면서 이름을 위니 더 푸로 짓자고 했어요. 곰의 이름은 그렇게 위니 더 푸가 되었답니다. 자, 이제 푸의 이름에 얽힌 이야기를 했으니까 나머지 이야기도 해 볼까요?

런던에 살다 보면 누구나 한번은 동물원에 가 보게 마련입니다. 그중 어떤 사람들은 '입구'라고 쓰인 곳으로 들어가자마자 쏜살같이 빠른 걸음으로 우리를 하나하나 대충 스쳐 지나 '출구'라고 쓰인 곳으로 나가 버립니다. 하지만 뭘 아는 사람들은 달라요. 그들은 들어가자마자 자기가 가장 좋아하는 동물에게로 곧장 달려가서 줄곧 거기에만 머물러 있답니다. 그렇게 크리스토퍼 로빈도 동물원에만 가면 늘 북극곰이 있는 곳으로 달려갑니다. 그리고 왼쪽에서 세 번째에 있는 사육사에게 가서 귓속말로 뭐라고 속삭여요. 그러면 문이 열리고 우리는 어두운 통로를 따라 들어가서 가파른 계단을 올라 마침내 특별 우리로 가게 되지요. 그때 그 우리가 열리면 안에서 털이 복슬복슬한 갈색의 뭔가가 성큼성큼 걸어 나와요. 그러면 크리스토퍼 로빈은 '오, 곰돌아!' 하고 기쁨의 탄성을 지르며 달려가서 곰의 팔에 덥석 안긴답니다.

자, 조금 전에 이 곰의 이름이 위니라고 했지요. 곰에게 이 얼마나 좋은 이름인가요. 그런데 웃긴 게 하나 있다면 이 곰의 이름에서 위니를 먼저 부르고 푸를 나중에 불러야 하는지, 아니면 푸를 먼저 부르고 위니를 나중에 불러야 하는지 저도 기억이 나지 않는다는 거예요. 전에는 알았던 것 같기도 한데 그만 잊어버렸나 봐요.

여기까지 쓰고 나니 피글렛이 위를 올려다보며 뾰로통한 목소리로 묻네요.

"저는요?"

그래서 제가 말했답니다.

"귀여운 피글렛, 이 책 전체가 바로 너에 대한 이야기란다."

"푸에 관한 이야기라면서요."

여전히 뾰로통한 목소리네요. 아시겠죠? 피글렛은 푸가 자기 혼자서 이 머리말을 다 독차지한다고 질투를 하는 거예요. 물론 푸가 가장 사랑받는 주인공인 것은 사실이에요. 부정할 수 없지요. 그러나 피글렛도 푸가 할 수 없는 다른 신나는 일들을 많이 한답니다. 예를 들어 푸는 학교에 데리고 가면 다른 사람들 눈에 다 띨 수밖에 없잖아요. 그렇지만 피글렛은 매우 작아서 주머니에 넣어 데려갈 수 있지요. 그리고 가끔 2 곱하기 7이 12였는지 22였는지 헷갈려서 심란할 때, 주머니에 손을 넣어 피글렛을 만지작거리면 마음이 얼마나 편해진다고요. 때로 피글렛은 주머니에서 나와서는 잉크병에 들어가 앉아 주위를 둘러보기도 해요. 그러다 보니 피글렛이 푸보다 더 많은 교육을 받기도 하죠. 그러나 푸는 별로 개의치 않아요. 누구는 머리가 좋을 수도 있고, 누구는 머리가 안 좋을 수도 있는 거지 뭐. 푸의 말이랍니다.

아뿔싸, 이제는 다른 등장인물들이 모두 나서서 말하네요.

"우리는요?"

아, 아무래도 이쯤에서 머리말을 접고 본 이야기로 들어가는 게 최선일 것 같습니다.

A.A.M.

1장 곰돌이 푸와 꿀벌 이야기

크리스토퍼 로빈을 따라 에드워드 곰이 층계를 내려옵니다. 쿵, 쿵, 쿵, 바닥에 머리를 찧으며 내려옵니다. 에드워드 곰이 알고 있는 계단을 내려오는 유일한 방법입니다. 물론 가끔은 이것 말고 다른 방법도 있지 않을까 하는 생각이 들기도 하지만요. 음, 잠깐이라도 머리를 부딪치지 않고 가만히 멈춰 서서 생각해 본다면 좋은 방법이 떠오를지도 모르는데.

그렇지만 또 생각해 보니 역시나 다른 방법은 없는 것 같습니다. 아무튼 이제 계단 밑까지 다 내려왔습니다. 자, 여러분께 소개합니다. 위니 더 푸입니다! 곰돌이 푸라고도 하지요.

처음 그 이름을 들었을 때 저도 여러분과 마찬가지로 의아한 생각이 들었습니다. 그래서 물어보았죠.

"그런데 그 곰은 남자애 아니었니?"

"맞아요."

크리스토퍼 로빈이 답했습니다.

"그러면 위니라고 부르면 안 되는 거 아니야?"

"위니라고 안 불렀는데요."

"그렇지만 방금 그렇게 말했⋯⋯."

"얘 이름은 '위니 더 푸'예요. '더'가 들어가면 어떤 뜻으로 바뀌는지 모르세요?"

"아, 그렇구나. 이제야 알겠네."

저는 그냥 이렇게 재빨리 대답하고 넘어갔답니다. 여러분도 그러는 게 좋을 거예요. 이보다 더 자세한 설명을 듣기는 힘들 테니까요.

위니 더 푸가 아래층에 내려오면 어떤 땐 게임을 하며 신나게 놀고 싶어 하기도 하고, 어떤 땐 따스한 난롯가에 조용히 앉아 재미난 이야기를 듣고 싶어 하기도 해요. 그렇다면 오늘 밤은 어떨까요?

"이야기를 들려주는 건 어때요?"

크리스토퍼 로빈이 저에게 물었습니다.

"무슨 이야기?"

제가 되물었죠.

"위니 더 푸를 위해 재미있는 이야기를 해 주시면 안 될까 해서요."

"그럴까? 안 될 것도 없지. 그런데 푸는 어떤 이야기를 좋아하지?"

"자기 이야기요. 애는 그런 이야기를 좋아하는 곰이거든요."

"아, 그렇구나."

"그럼, 해 주실 수 있는 거죠?"

"한번 해 보지 뭐."

자, 이렇게 말도 했으니 한번 시작해 볼까요?

옛날 옛적에, 지금으로부터 아주 오랜 옛날에 그러니까 대강 지난주 금요일쯤에 일어난 일이야. 위니 더 푸 곰은 숲에서 '샌더스'라는 명패가 걸린 집에 혼자 살고 있었어.

("명패를 걸고 산다는 게 무슨 뜻인가요?"

말하는 중간에 크리스토퍼 로빈이 물었어요.

"그 말은 푸가 그 이름이 적힌 황금색 명패를 대문 위에 걸어 놓고 살았다는 말이야."

"아아, 위니 더 푸가 잘 모르는 눈치이기에 물어보았어요."

"이제 알겠어."

옆에 있던 뽀로통한 목소리가 답했습니다.

"자 그럼, 이야기를 계속 해 볼까?")

어느 날, 곰돌이 푸가 길을 걸어가다 숲속 한가운데 있는 공터를 지나게 되었어. 그 공터 중간에 커다란 떡갈나무 한 그루가 있었는데, 그 나무 위에서 벌들이 크게 윙윙거리는 소리를 내는 거야.

그 소리를 들은 푸는 나무 밑에 앉아 앞발로 머리를 감싸고 곰곰이 생각하기 시작했어.

가장 먼저 든 생각은 이것이었지.

"저렇게 윙윙대는 소리가 난다는 건 분명 위에 뭔가가 있다는 얘기야. 그렇지 않다면 저렇게 계속 윙윙거리는 소리가 날 리가 없거든. 윙윙거리는 소리가 계속 난다는 건, 위에서 누군가 윙윙대는 소리를 내고 있다는 얘기야. 그리고 내가 아는 한 윙윙대는 소리를 내는 애들은 꿀벌이 유일해."

그러고 나서 푸는 다시 한참을 또 곰곰이 생각하더니 결론을 내렸지.

"그리고 내가 알기로 꿀벌이 살아가는 유일한 이유는 꿀을 만드는 거야!"

푸가 자리에서 일어섰어.

"그리고 쟤네들이 꿀을 만드는 유일한 이유는 바로 나더러 먹으라는 거지. 음, 안 그래?"

그런 생각을 한 푸는 곧바로 나무를 타고 오르기 시작했어.

푸는 나무를 조금씩 오르고 오르고 또 올랐어. 올라가면서 속으로 노래도 하나 불렀지. 그 노래의 가사는 이래.

정말 재미있지 않아?
곰은 꿀을 너무도 좋아해.

윙! 윙! 윙!

왜 그런 걸까?

그렇게 푸는 조금씩 천천히 나무를 타고 위로 올라갔어. 조금
더…… 그리고 조금 더…… 그러는 동안 새로운 노래 하나가 머
릿속에 떠올랐지.

재미있지 않아? 만약 곰이 벌이라면,

곰은 벌집을 나무 밑동에 만들 텐데.

왜냐고? (만약 벌이 곰이라면?)

그러면 우리 곰들이 이 많은 계단을 다 오르지 않아도 되잖아!

그만큼 올라갔을 때 사실 푸는 조금 힘이 달리기 시작했던 거
야. 그래서 그런 투덜대는 노래를 불렀던 거지. 아, 그러다 보니
어느새 거의 다 왔네! 이제는 나뭇가지에 옮겨 앉기만 하면 돼.
그런데 그러려던 찰나…….

쩍!

"앗! 도와줘!"

3미터 아래에 있는 나뭇가지를 향해 빠른 속도로 추락하면서
푸가 외쳤어.

"이게 아닌데……!"

6미터 아래에 있는 나뭇가지를 향해 곤두박질치면서 푸가 외
쳤어.

"그러니까 원래는! 원래는 말이야!"

9미터 아래에 있는 나뭇가지를 향해 거꾸로 처박힌 채 떨어지면서 푸가 말했어.

"알았다고! 하긴……."

그 아래로 여섯 개나 되는 나뭇가지를 획획 스쳐 떨어지면서 푸는 이제 체념한 듯 말했어.

"이게 다 그러니까."

푸는 맨 마지막 나뭇가지에 작별 인사를 하면서 본의 아니게 공중에서 가뿐히 세 바퀴를 돌고 나서, 결국 그 밑에 있던 가시덤불 위로 푹 떨어져 버렸지.

"꿀을 너무 좋아하다가 이게 다 무슨 꼴이람. 아, 누가 좀 도와줘!"

푸가 가시덤불 속에서 엉금엉금 기어 나왔어. 그리고 코에 붙은 가시들을 탈탈 털어 내고는 다시 생각을 하기 시작했지. 그때 머릿속에 가장 먼저 떠오른 사람이 누구였을까? 바로 크리스토퍼 로빈이었어.

("저였다고요?"

크리스토퍼 로빈이 우쭐해진 목소리로 물었습니다. 정말 믿기지 않는다는 눈치였지만요.

"응, 바로 너였어."

크리스토퍼 로빈은 더 이상 아무 말도 하지 않았지만 눈이 동그랗게 커지며 뺨이 분홍색으로 발갛게 달아올랐습니다.)

16

생각을 마친 푸가 숲 반대편의 초록색 문이 달린 집에 사는 친구 크리스토퍼 로빈을 찾아갔어.

"안녕, 크리스토퍼 로빈!"

"안녕, 위니 더 푸!"

"혹시나 너한테 풍선 같은 게 있을까 해서 왔어."

"풍선?"

"응. 여기 오는 길에 혼자 이런 말을 하면서 왔거든. '혹시 크리스토퍼 로빈한테 풍선 같은 것이 있지 않을까?' 이렇게 말야. 풍선 생각을 하다 보니 궁금해져서 혼잣말을 했어."

"풍선은 뭐에 쓰려고?"

로빈 네가 물어보았지.

그때 위니 더 푸가 갑자기 주위를 두리번거리며 혹시 누가 듣고 있는 건 아닌지 살펴보더니, 비밀이라도 되는 양 앞발을 입에 대고 속삭이듯 작은 목소리로 말했어.

"**꿀**을 따려고!"

"풍선으로 꿀을 어떻게 따?"

"나는 딸 수 있어."

푸가 대답했어.

그런데 마침 너한테는 어제 친구 피글렛네 집에서 열린 파티에 놀러 갔다 가져온 풍선 두 개가 있었지. 하나는 원래 네가 가지고 갔던 커다란 초록 풍선이었고, 또 하나는 토끼네 친척이 가져왔다가 놓고 간 커다란 파랑 풍선이었어. 사실 그 파랑 풍선은 너무 어려서 파티에 참석할 나이가 안 된 토끼의 꼬마 친척이 어떻게 들고 왔다가 놓고 간 거였어. 그래서 네가 초록 풍선과 함께 가지고 왔지.

"둘 중에 어떤 게 마음에 들어?"

네가 푸한테 물었어.

그러자 푸는 잠시 앞발로 머리를 감싸고 신중하게 생각했지.

"그게 말이야. 풍선을 가지고 꿀을 따러 갈 때 제일 중요한 건 내가 왔다는 사실을 꿀벌들이 모르게 하는 거거든. 내가 초록 풍선을 타고 간다면 벌들이 나를 나뭇잎으로 착각하고 못 알아볼 거야. 그런데 만약 파랑 풍선을 타고 간다면, 아마도 벌들은 나를 하늘의 일부로 착각하고 못 알아보겠지. 그렇다면 문제는 이거야. 둘 중에 어느 쪽이 더 그럴듯할까?"

"그렇지만 벌들이 풍선 밑에 있는 너를 알아보지는 않을까?"

네가 물었어.

"그럴 수도 있고 아닐 수도 있어. 꿀벌들은 좀처럼 예측하기가 힘들거든."

잠시 생각에 빠져 있던 푸는 또 이렇게 말했지.

"아무래도 내가 작은 먹구름으로 변장하는 게 좋겠어. 그렇게 하면 벌들을 무사히 속일 수 있을 거야."

"그렇다면 푸 네가 파랑 풍선을 가져가는 게 좋겠다."

너의 말에 파랑 풍선으로 결정이 났어.

그리고 너희 둘은 파랑 풍선을 가지고 길을 나섰지. 출발 전에 너는 늘 그래 왔던 것처럼 만약을 대비해 총을 챙겼고, 곰돌이 푸는 전에 눈여겨봐 두었던 진흙탕에 가서 온몸이 까만 진흙으로 뒤덮일 때까지 떼구루루 구르고 또 굴렀어. 그런 다음 나무 밑에 가서 풍선을 최대한 크게 불었지. 그리고 로빈 너랑 푸가 같이 풍선을 붙잡고 있다가 네가 갑자기 손을 놓았고, 그 순간 푸가 사뿐히 공기 중으로 솟아올라 나무 꼭대기쯤에 가서 멈추었단다. 나무 옆으로 한 6미터 정도 떨어진 곳이었지.

"됐다!"

네가 푸를 향해 외쳤어.

"어때? 나 좀 멋있었지? 내 모습 어때?"

푸가 아래를 내려다보며 큰 소리로 물었어.

"너? 풍선에 매달려 있는 곰 같아 보이는데?"

"뭐라고? 파란 하늘에 떠 있는 작은 먹구름 같아 보이지 않아?"

푸가 걱정스러운 말투로 물어 왔어.

"별로 안 그런데."

"그래? 아마 이 위에서 보면 조금 다를 거야. 그리고 아까도 말했지만 꿀벌들은 좀처럼 예측하기 힘들거든."

그런데 그날따라 바람이 불지 않아서 푸는 나무 가까이로 더 이상 다가갈 수가 없었어. 저만치 꿀이 훤히 보이고 향긋한 꿀 냄새도 코를 찔러 왔지만, 도무지 그 가까이로는 다가갈 수 없었지.

얼마나 지났을까, 푸가 너를 불러 세웠어.

"크리스토퍼 로빈!"

푸는 나름대로 속삭인다고 작게 말한 건데 사실 소리가 너무 컸지.

"어!"

"아무래도 꿀벌들이 **눈치**를 챈 것 같아!"

"뭐를?"

"그건 모르겠어. 그렇지만 뭔가 눈치를 챈 게 분명해!"

"그러니까 푸 네가 자기들 꿀을 노리고 있다는 걸 눈치챘단 말이야?"

"그럴 수도 있어. 벌들에 대해선 아무것도 예측할 수 없는 법이니까."

잠시 잠잠하다 싶더니 푸가 밑에 있는 너를 다시 한번 불렀어.

"크리스토퍼 로빈!"

"응?"

"너네 집에 우산 있지?"

"그럴걸."

"그걸 여기로 좀 가져와 줄 수 있어? 가지고 와서는 그 우산을 들고 밑에서 왔다 갔다 하다가 나를 흘끔흘끔 올려다보면서 '쯧쯧, 이런. 비가 올 것 같네.'라고 말해 줘. 내 생각에 그렇게 하면 우리의 꿀벌 속이기 작전에 효과가 있을 것 같아."

그 말을 듣고 사실 너는 속으로 깔깔대고 웃었어.

'바보 곰 같으니라고!'

하지만 너는 푸를 무척이나 아끼고 좋아했기 때문에 그 말을 입 밖으로 내진 않았어. 대신 집에 가서 우산을 가지고 왔지.

"어, 돌아왔구나!"

네가 다시 돌아온 걸 보자마자 푸가 반가운 목소리로 외쳤어.

"안 그래도 나 지금 막 초조해지려던 참이었거든. 이제 이 꿀벌들이 정말로 나를 의심하고 있는 것 같아."

"우산을 펼까?"

네가 물었어.

"응. 그런데 잠깐만 기다려. 괜히 허튼짓을 했다간 큰일 나니까. 지금 우리가 반드시 속여야 하는 벌은 여왕벌이거든. 혹시 여왕벌이 어디에 있는지 그 밑에서 보여?"

"아니. 안 보이는데."

"이를 어쩌면 좋담. 할 수 없지. 자, 이제 너는 '쯧쯧, 이런. 비가 올 것 같네.'라고 말하면서 우산을 들고 밑에서 서성거려 줘. 나는 여기서 진짜 구름이 부를 만한 〈작은 구름의 노래〉를 부를 테니까. 자, 시작!"

그렇게 너는 땅에서 비가 올까 안 올까를 중얼거리며 우산을 들고 왔다 갔다 했고, 위니 더 푸는 위에서 이런 노래를 불렀어.

구름이 되다니, 아, 신난다!
파아란 하늘을 나는야 떠다니네.
작은 구름들은 언제나
큰 소리로 노래하지!
구름이 되다니, 아, 신난다!
파아란 하늘을 나는야 떠다니네.
참으로 으쓱한 일이야.
작은 구름이 된다는 건.

그렇게까지 노력했지만 꿀벌들은 정말 의심스러울 정도로 시끄럽게 윙윙거렸어. '하늘에 달려 있는 먹구름'이 노래의 2절을 부르려고 할 때쯤에는 그중에 몇몇 벌이 벌집을 빠져나와 큰 소리로 윙윙거리며 먹구름을 둘러싸고 빙글빙글 돌 정도였지. 급기야는 꿀벌 한 마리가 먹구름의 코 위에 잠시 앉았다 날아가기도 했어.

"크리스토퍼…… 어위! 로빈!"

구름이 소리쳤어.

"왜?"

"내가 고심을 한 끝에 매우 중요한 결론에 도달했어. 아무래도 이 벌들은 내가 찾던 벌들이 아닌 것 같아."

"그래? 정말?"

"그게, 한참 잘못 찾아왔어. 그러니까 내 말은, 내가 찾는 꿀은 애네들이 만드는 게 아니라는 거야. 어떻게 생각해?"

"정말 그럴까?"

"응. 그래서 말인데 나 내려가야겠어."

"어떻게?"

네가 물었어.

아뿔싸, 곰돌이 푸는 미처 여기까지는 생각하지 못했던 거야. 만약 여기서 그냥 풍선 줄을 놓으면 아까처럼 밑으로 **꽈당** 하고 떨어질 텐데. 그건 이제 생각만 해도 몸서리가 쳐졌어. 푸는 한참을 곰곰이 생각하다 말했어.

"크리스토퍼 로빈, 네가 총으로 이 풍선을 쏴 줘야겠어. 너 총 가지고 있지?"

"물론 총이야 있지. 그렇지만 총을 쏘면 풍선이 다 망가질 텐데."

"그렇지만 네가 이 풍선을 **안** 쏘면 내가 풍선을 놔야 하고, 그러면 내가 망가져 버릴 거야!"

너는 푸의 말이 무슨 뜻인지 한 번에 척 하고 이해했어. 그래서 더는 아무 말 하지 않고 신중하게 풍선을 조준한 다음에 '빵' 하고 총을 쐈지.

"아악!"

푸가 소리쳤어.

"빗맞았어?"

"사실 **빗맞았다**고 할 수는 없어. 다만 **풍선**을 맞춘 게 아니라서 문제지."

"아, 정말 미안."

너는 그렇게 말하고 다시 총을 쐈어. 그리고 이번에는 풍선을 정확히 맞추었지. 그러자 풍선에서 공기가 조금씩 빠져나왔고, 곰돌이 푸는 무사히 땅으로 내려올 수 있었단다.

그런데 문제는 그동안 푸가 풍선을 잡고 있느라 일주일도 넘게 팔을 위로 뻗은 채 공기 중에 떠 있었다는 거야! 그래서인지 내려와서도 한참 동안은 팔이 좀처럼 밑으로 내려오지 않았어. 그래서 푸는 파리가 코에 앉을라치면 손을 못 쓰고 '푸, 푸' 하면서 입바람을 불어 파리를 쫓아내야 했지. 그리고 내 생각엔 그게 바로 곰이 푸라는 이름을 갖게 된 진짜 이유인 것 같아.

"이렇게 이야기가 끝나는 건가요?"

크리스토퍼 로빈이 물었습니다.

"이번 이야기는 그래. 그렇지만 다른 이야기들이 남아 있단다."

"다른 이야기들도 다 푸랑 저에 대한 거예요?"

"응, 맞아. 거기다 피글렛도 나오고 토끼도 나오고 모두가 나오는 이야기지. 뭐야, 그새 잊어버린 거야?"

"아니에요. 기억나요. 그런데 막상 떠올리려고 하면 생각이 안 나서요."

"푸랑 피글렛이랑 둘이 헤팔룸푸를 잡으려 했던 그날도 기억 안 나⋯⋯?"

"그런데 못 잡았었죠?"

"그렇지."

"푸는 머리가 나빠서 못 잡았을 거예요. 대신 제가 잡지 않았나요?"

"글쎄, 이야기를 들어 보면 알겠지."

크리스토퍼 로빈이 조용히 고개를 끄덕였습니다.

"사실 저는 다 기억이 나요. 다만 푸가 기억을 잘 못하는 거죠. 그래서 말인데 푸가 그 이야기를 다시 듣고 싶대요. 그러면 그냥 기억에 남아 있는 이야기가 아니라 사실이 되잖아요."

"아빠에게는 언제나 사실이었는걸."

제가 말했습니다.

크리스토퍼 로빈은 한숨을 한번 깊게 내쉬더니 일어서서 곰 인형의 다리를 붙잡고 문 쪽으로 걸어갔습니다.

"저 목욕하는 거 보러 오실 거죠?"

문에 거의 다 가서는 뒤를 돌아보며 물었습니다.

"그럴까?"

"그런데 제가 푸를 쐈을 때 푸가 많이 아프진 않았겠죠?"

"하나도 안 아팠단다."

로빈이 고개를 끄덕이고 방을 나갔습니다. 그리고 곧바로 위니 더 푸가 **쿵, 쿵, 쿵** 소리를 내며 계단 올라가는 소리를 들을 수 있었답니다.

2장 토끼네 집에 몸이 끼인 푸

친구들 사이에서 '위니 더 푸' 아니면 더 간단히 '푸'로 통하는 에드워드 곰이 어느 날 의기양양하게 콧노래를 흥얼거리며 숲 속을 거닐고 있었어. 바로 그날 아침 푸가 거울 앞에 서서 열심히 건강 체조를 하다 만들어 낸 노래였지. 자, 우선 두 팔을 위로 들어 활짝 뻗고 '트랄-랄-라, 트랄-랄-라.' 그 다음엔 손이 발에 닿도록 몸을 앞으로 굽히고 '트랄-랄-라, 트랄-랄-(앗, 도와줘!)-라.' 아침 먹은 뒤로 계속해서 부르고 또 부르다 보니 푸는 어느새 그 노래를 완전히 외우게 되었어. 그리고 처음부터 끝까지 막힘없이 술술 다 부를 수 있게 되었지. 그 노래는 바로 이랬어.

트랄-랄-라, 트랄-랄-라,
트랄-랄-라, 트랄-랄-라,

럼-텀-티들-엄-텀.

티들-이들, 티들-이들,

티들-이들, 티들-이들,

럼-텀-텀-티들-엄.

이렇게 푸는 신바람이 나서 콧노래를 흥얼거리며 산길을 따라 걸었어. 머릿속으로는 '다른 친구들은 뭘 하고 있을까?', '내가 다른 친구들이 된다면 어떤 느낌일까?' 등 이런저런 생각을 했지. 그런데 그때 눈앞에 불쑥 모래 언덕이 나타났어. 가운데 커다란 구멍이 뚫려 있는 모래 언덕이었지.

"아하!"

푸가 외쳤어. (럼-텀-티들-엄-텀) 여전히 흥얼거리면서.

"내 생각이 맞다면 말이지, 구멍이 있다는 건 저 안에 토끼가 산다는 말이야. 그리고 토끼는 내 친구란 말이지. 그 말은 곧 나한테 먹을 것을 주고 내 노래를 들어 줄 동무가 저기에 있다는 얘기야. 바로 이렇게. 럼-텀-텀-티들-엄."

그래서 푸는 몸을 굽혀 구멍 안에 머리를 집어넣고 큰 소리로 외쳤어.

"안에 누구 없어요?"

순간 안에서 바쁘게 푸닥거리는 소리가 나더니 금방 또 잠잠해졌어.

"안에 누구 없냐고 물었는데요?"

푸가 이번에는 더 큰 소리로 불러 보았어.

"없어요!"

안에서 누가 대답했어. 그러더니 곧이어,

"그렇게 고함칠 필요까진 없잖아요. 처음부터 다 알아들었다고요!"

하는 말도 흘러나왔지.

"흠, 이런!"

푸가 실망스러운 듯 투덜대고는 다시 물었어.

"정말로 안에 아무도 없어요?"

"그렇다니까요!"

곰돌이 푸는 머리를 구멍에서 빼내고 잠시 생각을 했어. 그러고는 이렇게 중얼거렸지.

"저 안에 아무도 없다는 건 말이 안 돼. 정말 아무도 없다면 방금 저 안에서 '그렇다니까요!'라고 말한 건 대체 누구야?"

푸는 다시 고개를 구멍에 집어넣고 물었어.

"어이, 토끼! 너 거기 있지?"

"아니."

토끼가 다른 동물인 것처럼 목소리를 바꾸어서 대답했어.

"에이, 토끼 네 목소리 맞는 것 같은데?"

"그럴 리가. 내가 일부러 다른 목소리로 말했는데."

"아, 그래?"

푸는 다시 구멍에서 머리를 빼고 곰곰이 생각에 잠겼어. 그러고는 잠시 후 고개를 다시 집어넣고 물었지.

"그러면 혹시 저, 토끼가 어디 갔는지 말해 주실 수 있을까요?"

"토끼요? 토끼는 친구인 푸 곰을 만나러 갔어요. 둘이 아주 절친한 사이거든요."

"그렇지만 푸는 바로 난데!"

푸가 깜짝 놀라 외쳤어.

"나라니요?"

"내가 바로 푸 곰이라고!"

"정말?"

이번에는 토끼가 깜짝 놀라서 물었어.

"그럼, 그렇고말고! 정말이라니까!"

"어, 그랬구나. 그렇다면 들어와."

푸는 모래 언덕에 난 구멍으로 끙끙거리며 몸을 조금씩 밀어넣었고, 한참 후에야 무사히 집 안까지 들어갈 수 있었어.

"정말 푸 너구나."

토끼가 푸를 위아래로 훑어보며 말했어.

"역시 너였구나. 잘 왔어, 푸."

"그럼, 너는 내가 누구라고 생각했던 거야?"

"그게 모르는 일이지. 너도 잘 알겠지만 숲이 좀 위험하니? 아무나 함부로 집에 들이고 그러면 안 되잖아. 늘 **조심**해야지. 그래, 뭐 좀 먹을래?"

안 그래도 푸는 원래 오전 열한 시쯤만 되면 늘 배가 출출했
어. 그런데 마침 토끼가 접시랑 컵을 내오며 상을 차리려 하는
거야! 푸의 기분이 막 들뜨기 시작했지.

"빵에 뭘 찍어 먹을래? 연유? 꿀?"

상을 차리며 토끼가 물었어.

"둘 다!"

푸는 먹을 생각에 흥분이 되어 곧장 이렇게 대답했어. 그런데
그러고 났더니 왠지 자기가 너무 욕심을 부린 건 아닌가 하고
부끄러운 생각이 드는 거야. 그래서 슬그머니 작은 소리로 덧붙
여 말했어.

"있지, 빵은 굳이 안 줘도 돼."

그리고 한동안 푸는 아무 말도 하지 않았어.

시간이 한참 지난 후에야 푸는 꿀처럼 끈적끈적해진 목소리
로 흐뭇하게 콧노래를 흥얼거리며 자리에서 일어섰어. 그리고
토끼의 앞발을 꼬옥 잡고 악수를 하며 이제 그만 가 봐야겠다고
말했어.

"벌써 가려고?"

토끼가 예의상 물었어.

"음…… 토끼 네가…… 네가 원한다면 조금 더 있다 가도
돼."

푸는 이렇게 말하면서 토끼의 식품 창고 쪽을 빤히 쳐다보았
어.

"사실은 그게, 나도 막 나가려던 참이었거든."

토끼가 정색을 하며 말했어.

"어, 그래? 그렇다면 나도 그만 가 볼게. 안녕!"

"그래, 잘 가. 혹시라도 더 먹고 싶은 게 있다면 모르지만."

"먹을 게 더 있단 말이야?"

토끼의 말이 끝나기가 무섭게 푸가 물었어.

그 말에 토끼가 접시를 덮어 둔 뚜껑을 열어 보고 말했지.

"아니, 없네."

"나도 그럴 줄 알았어."

푸가 고개를 끄덕이며 돌아섰어.

"그럼, 잘 있어! 나는 간다!"

그러면서 푸는 밖으로 나가기 위해 구멍 안으로 기어들어 갔
어. 우선 앞발을 앞으로 내밀고는 당기면서 뒷발로 땅을 힘껏
밀었지. 제일 먼저 푸의 코가 밖으로 나왔어…… 귀도 무사히
나왔고…… 다음엔 앞발이 밖으로 나왔고…… 어깨까지도 나왔
어…… 그런데 아뿔싸.

"앗, 나 좀 도와줘! 아무래도 다시 돌아가야 할 것 같아."

푸가 외쳤어.

"앗, 그런데 그것도 안 되네! 그냥 앞으로 나가야겠다."

푸가 다시 외쳤어.

"아, 이것도 저것도 안 되잖아! 오, 제발, 나 좀 도와줘! 안
돼!"

꼼짝달싹 못 하게 된 푸가 또다시 소리쳤어.

그때쯤 토끼는 정말로 산책을 하러 나가고 싶어졌어. 그런데 나가려고 보니 그만 앞문이 꽉 막혀 있는 거야. 그래서 하는 수 없이 뒷문으로 집을 빠져나온 뒤 빙 돌아 앞문으로 푸를 보러 왔어.

"어머, 푸 너 입구에 끼인 거야?"

토끼가 물었어.

"아, 아냐."

푸가 대수롭지 않은 듯 답했어.

"그냥 좀 쉬면서 혼자 노래도 하고 생각도 하고 있는 중이야."

"자, 발을 이리 줘 봐."

푸 곰이 앞발을 내밀자 토끼가 온 힘을 다해 세게 잡아당겼어. 한번 세게 끌어당기고, 또 한번 더 세게 끌어당기고……

"아아! 아파!"

푸가 고함을 질러 댔어.

"거 봐, 너 끼인 거 맞잖아."

토끼가 이렇게 말했어.

"이게 다 네가 입구를 너무 좁게 만들어 놔서 그런 거잖아!"

푸가 골이 나서 외쳤어.

"이게 다 네가 너무 많이 먹어서 그런 거야!"

토끼가 단호히 받아쳤어.

"안 그래도 아까 너무 많이 먹는 거 아닌가 싶더라니. 먹는 거 가지고 뭐라 하기 그래서 아무 말도 안 했지만. 확실히 우리 둘 중 하나가 조금 마구잡이로 먹어 대긴 했지. 그리고 그게 결단코 나는 아니었다는 사실!"

토끼가 계속해서 잔소리를 했어.

"그건 그렇고 이 일을 어쩐다. 가서 크리스토퍼 로빈을 불러와야겠다."

잠시 뒤 토끼가 숲 반대편에 사는 크리스토퍼 로빈을 데리고 돌아왔어. 크리스토퍼 로빈은 푸의 모습을 보고 제일 먼저 이렇게 말했지.

"바보 곰 같으니라고!"

말은 그렇게 했지만 크리스토퍼 로빈의 말투에는 애정이 잔뜩 담겨 있었어. 그래서 그 말을 들은 모두는 다시 마음을 놓을 수 있었지.

푸가 코를 훌쩍이며 망설이듯 말을 꺼냈어.

"나 사실은 말이야, 토끼가 나 때문에 앞으로 앞문을 못 쓰게 되는 건 아닌가 하고 막 걱정이 되던 참이었거든. 그렇게 되면 내가 너무 **미안하잖아**."

"미안해할 만하지."

토끼가 맞장구를 치며 말했어.

"토끼가 앞문을 계속 쓸 수 있겠냐고? 당연하지. 곧 다시 쓸 수 있을 거야."

크리스토퍼 로빈이 자신감 넘치는 목소리로 그렇게 말하자 토끼가 크게 안도하며 말했어.

"천만다행이군."

"푸야, 너를 밖으로 빼내는 게 어려우면 대신 안으로 밀어 넣어야 할 것 같아."

크리스토퍼 로빈이 이렇게 말하자 갑자기 토끼가 수염을 쓰다듬으며 골똘히 생각에 빠졌어. 그리고 잠시 뒤 길게 말을 늘어놓기 시작했지. 다시 밀어 넣으면 푸가 집으로 들어가게 될 거고, 그렇게 되면 자기는 집에서 푸를 다시 보게 되어서 정말 기쁘겠지만 그게 그렇게 간단한 문제가 아니며, 순리상 누구는 나무에 살게 되어 있고 누구는 땅 밑에 살게 되어 있는데…….

"그럼 내가 평생 밖으로 못 나갈 거라는 말이야?"

푸가 토끼의 말을 끊고 물었어.

"내 말은 그게 아니고, 그래도 이만큼이나 나왔는데 다시 밀어 넣으면 아깝지 않겠냐는 거야."

토끼의 말에 크리스토퍼 로빈도 고개를 끄덕이며 동의했어.

"그러면 방법은 딱 한 가지밖에 없겠구나. 푸가 다시 날씬해질 때까지 기다리는 수밖에."

"날씬해질 때까지 얼마나 걸리는데?"

푸가 매우 걱정스러운 표정으로 물었어.

"내 생각엔 한 일주일 정도 걸리지 않을까 싶어."

"여기서 나보고 어떻게 일주일을 버티라는 거야!"

"이런 바보 곰아, 일주일 버티는 게 뭐 그렇게 대수야? 억지로 너를 빼낼 생각을 해 보면 그건 일도 아니지."

"우리가 책을 읽어 줄게!"

토끼가 위로의 말이라고 한 마디 하고는 곧바로 끝없이 또 재잘거리기 시작했어.

"그동안 비는 안 왔으면 좋겠다. 그렇지? 그리고 우리가 오랜 친구인 만큼 이런 말 정도는 괜찮겠지 싶어서 말하는데, 사실 푸 네가 지금 우리 집에서 무척이나 많은 공간을 차지하고 있거든. 그래서 말인데 혹시 네 뒷다리를 수건걸이로 좀 써도 될까? 어차피 놔둬도 다른 데 쓸 데도 없는 것 같고, 수건걸이로 활용하면 딱 안성맞춤일 것 같은데."

"일주일이라니!"

푸가 우울한 표정으로 힘없이 말했어.

"그럼 그동안 밥은 어떡해?"

"안됐지만 그동안은 굶어야 해, 푸."

크리스토퍼 로빈이 미안한 표정으로 말했어.

"그래야 빨리 날씬해지지. 그렇지만 그동안 우리가 곁에서 책을 읽어 줄게."

푸는 그 말을 듣고 '후유' 하고 한숨을 쉬고 싶었어. 그런데 그마저도 몸이 꼭 끼어서 제대로 쉴 수 없었지.

"그러면 나한테 힘이 되는 그런 책을 읽어 줄래? 이렇게 나처럼 꼭 끼인 곰한테 위로가 되고 도움이 되는 책으로 말이야."

이렇게 말하는 푸의 눈에서는 급기야 눈물 한 방울이 뚝 떨어져 내렸어.

그렇게 해서 크리스토퍼 로빈은 그다음 일주일 동안 푸의 북쪽 끝에 앉아서 힘이 되는 책을 읽어 주었어. 그리고 토끼는 남쪽 끝인 집 안에서 푸의 발에 빨래를 널었지. 그동안 중간에 낀 곰은 조금씩 날씬해져 가는 자신의 몸을 느낄 수 있었어. 그렇게 드디어 꼭 일주일째 되는 날이 되었어.

"자, 이제 때가 됐어!"

맨 앞에서 크리스토퍼 로빈이 푸의 앞발을 움켜잡으며 말했어. 그 뒤로는 토끼가 서서 크리스토퍼 로빈의 몸을 잡았어. 그리고 토끼의 일가친척들과 친구들이 총동원되어 차례로 토끼 뒤에서 각각 앞에 있는 친구를 잡고 섰지. 그런 다음 모두가 함께 힘껏 서로를 끌어당겼어.

한동안 푸의 입에서는 이런 탄성만 흘러나왔어.

"아우!"

"아!"

그러다 갑자기 '펑!' 하는 굉음이 나더니 병을 막고 있던 코르크 마개가 튕겨 나오는 것처럼 푸가 쑥 튕겨져 나왔어!

그 바람에 크리스토퍼 로빈과 토끼 그리고 토끼의 일가친척 친구들은 몽땅 뒤로 벌렁 나자빠지고 말았고, 그 위로 이제 자유의 몸이 된 위니 더 푸가 사뿐히 떨어져 내렸어!

그렇게 갇혔다 풀려난 푸는 친구들에게 가볍게 고개를 끄덕여 감사의 인사를 전하고는, 의기양양하게 콧노래를 흥얼거리며 숲 쪽으로 유유히 걸어 들어갔어. 그리고 그 뒷모습을 사랑스러운 눈으로 보고 있던 크리스토퍼 로빈이 혼잣말을 했단다.

"저런, 바보 곰 같으니라고!"

3장 사냥에 나선 푸와 피글렛

피글렛은 너도밤나무 안에 마련된 아주 근사한 집에 살았어. 너도밤나무는 숲 한가운데 있었는데 바로 그 나무 안에 피글렛이 살았던 거야. 그리고 그 집 옆에는 부러진 나무판자 조각이 하나 걸려 있었는데, 거기에는 '**침입자 W**'라고 쓰여 있었어.

하루는 크리스토퍼 로빈이 피글렛에게 그게 무슨 뜻이냐고 물어보았어. 피글렛이 말하길, 그건 오래전부터 집안에 전해져 내려오는 할아버지의 이름이라는 거야. 크리스토퍼 로빈은 그 말을 듣고 대뜸 '침입자 W'와 같은 이름은 **있을 수가 없다**고 주장했어. 그 말에 피글렛은 팽팽하게 맞섰지. 있을 수밖에 없는 게, 피글렛 할아버지의 이름이 바로 그거니까! 그러면서 원래 할아버지의 이름은 '침입자 윌리엄'이었는데 줄여서 '침입자 윌'이 된 거고, 나중에 또 줄여서 '침입자 W'가 된 거라고 설명했어. 또 피글렛의 할아버지가 이름을 두 개 가지고 있었던 이유는 혹시라도 이름을 잃어버릴 경우를 대비해서였는데, 그중 '침입자'는 할아버지의 삼촌 이름에서 따온 거고 그 뒤에다 '윌리엄'을 붙인 거라는 설명도 해 주었어.

"하긴, 나도 이름이 두 개이긴 해."

크리스토퍼 로빈이 무심코 말했어.

"정말 그러네, 그것 봐. 말이 되잖아!"

피글렛이 외쳤어.

어느 겨울날, 하루는 피글렛이 집 앞에 쌓인 눈을 열심히 쓸어 내고 있었어. 그러다 고개를 들어 보니 눈앞에 곰돌이 푸가 보이는 거야. 푸는 무엇인가를 골똘히 생각하면서 주위를 빙글빙글 돌며 걷고 있었어. 심지어 피글렛이 이름을 불러도 듣지 못하고 계속 묵묵히 걷기만 했지.

"어이! 지금 뭐 해?"

피글렛이 물었어.

"사냥."

푸가 대답했어.

"사냥? 뭐를?"

"뭔가를 뒤쫓고 있는 중이야."

푸는 계속해서 알쏭달쏭한 대답만 했어.

"뒤쫓다니? 뭘?"

피글렛이 푸의 옆으로 다가가서 물었어.

"나도 지금 그걸 궁금해하던 중이었어. 속으로 묻고 있었지. 이게 과연 무엇일까?"

"푸 네 생각에는 뭔 것 같은데?"

"그건 막상 잡기 전까지는 알 수 없을 것 같아."

푸가 그렇게 말하며 앞발을 들어 앞쪽 어딘가를 가리켰어.

"자, 저기 봐. 뭐가 보이지?"

"발자국. 동물의 발자국인 것 같은데."

피글렛은 그렇게 대답하고는 갑자기 흥분해서 '꽥' 하고 소리를 질렀어.

"앗, 푸야! 너 설마 혹시 저게…… 저게…… 우즐이라고 생각하는 거야?"

"그럴지도 모르지."

푸가 대답했어.

"어떻게 보면 그런 것도 같고, 또 어떻게 보면 아닌 것도 같거든. 이 발자국만 봐서는 좀처럼 정체를 알 수가 없어."

이렇게 몇 마디를 주고받은 뒤 푸는 다시 발자국 추적에 나섰어. 피글렛은 그런 푸를 잠시 지켜보다가 곧바로 그 뒤를 쫓아갔어. 그런데 푸가 갑자기 멈춰 서더니 의아한 표정으로 고개를 갸우뚱하고는 몸을 구부려 발자국을 자세히 살펴보는 거야.

"왜 그래? 무슨 일이야?"

피글렛이 물었어.

"이것 참 이상하단 말이야. 언제부턴가 발자국이 두 쌍으로 늘어났어. 이 동물의 정체가 뭔지는 모르지만 여기서부터 또 다른 정체 모를 어떤 존재와 만난 거야. 그러고 나서 그 둘이 함께 나아가고 있어. 피글렛, 너 나하고 함께 가 줄래? 혹시라도 이 것들이 사나운 짐승일 경우를 대비해서 말이야.”

피글렛은 겸연쩍은지 귀를 살짝 긁적이더니 어차피 금요일까지는 할 일이 없으니 기꺼이 함께 가 주겠다고 말했어. 혹시라도 발자국의 정체가 진짜 우즐일 경우를 대비해서 말이야.

“그러니까 너, 우즐이 한 마리가 아니라 두 마리가 있다 해도 괜찮은 거지?”

푸가 확인하듯 재차 물었고, 피글렛은 어쨌든 금요일까지는 할 일이 없으니까 괜찮다고 말했어. 그렇게 해서 둘은 함께 길을 나서게 되었지.

마침 그 근방에는 낙엽송이 모여 있는 작은 숲이 있었는데, (아직 정체가 확실하지 않지만) 두 우즐의 발자국은 그 숲 둘레를 돌아간 듯 보였어. 그래서 푸와 피글렛도 그 발자국을 뒤따라 돌았지. 피글렛은 걸어가면서 푸에게 이런저런 이야기를 해 주었어.

‘침입자 W’ 할아버지가 사냥을 한 후에 몸이 뻣뻣해지면 어떤 방법을 이용해서 몸을 풀었는지, 돌아가시기 전에 숨 가쁜 증상이 생겨서 얼마나 고생을 하셨는지, 뭐 대체로 그런 이야기들이었지.

푸는 푸대로 그런 이야기를 듣다 보니 여러 가지 생각이 떠올랐어. 할아버지라는 건 어떤 존재일까, 혹시 지금 쫓고 있는 것의 정체가 **할아버지 두 분**인 건 아닐까, 만약 그렇다면 그중 한 분을 집에 모셔 가서 같이 살면 안 될까, 그걸 보면 크리스토퍼 로빈이 뭐라고 말할까 등등. 그러는 동안에도 발자국은 여전히 앞쪽으로 계속 이어지고 있었어.

갑자기 푸가 자리에 멈춰 섰어. 그리고 흥분한 얼굴이 되어서는 앞쪽을 가리켰지.

"저것 봐!"

"뭔데?"

피글렛이 자기도 모르게 펄쩍 뛰고는 물었어. 그러고는 자기가 겁이 나서 그런 것처럼 보였을까 봐 머쓱해져서, 신이 나서 뛴 것처럼 보이려고 이어서 한 번 두 번 더 폴짝폴짝 뛰었어.

"저 발자국을 봐! 제3의 동물이 합세했어!"

푸가 말했어.

"푸야! 너 혹시 이게 또 다른 우즐일 거라고 생각하는 거야?"

피글렛이 큰 소리로 물었어.

"아니, 그렇진 않아. 왜냐하면 이건 발자국 모양이 다르거든. 우즐 두 마리에 위즐 한 마리가 와서 합세한 경우이거나, 혹시 저 다른 발자국이 우즐이라면 위즐 두 마리에 우즐 한 마리가 합세한 경우야. 어쨌든 계속 따라가 보자."

그렇게 둘은 다시 길을 재촉했어. 그러나 이제 둘의 마음속에는 걱정이 모락모락 피어오르기 시작했어. 만에 하나라도 이 앞에 놓인 세 마리나 되는 발자국의 정체가 아주 사나운 짐승이면 어떡하지? 피글렛은 마음속으로 간절히 바랐어. '침입자 W' 할아버지가 지금 자신과 함께 있다면 얼마나 좋을까. 한편 푸는 푸대로 생각했어. 크리스토퍼 로빈이 우연히 앞에 짠 하고 나타나 준다면 얼마나 좋을까. 물론 그건 푸가 크리스토퍼 로빈을 너무나 좋아하니까 보고 싶어서 그런 거겠지?

그런데 갑자기 푸가 또 멈춰 섰어. 그러고는 놀란 마음을 진정시키려는 듯 코끝을 혓바닥으로 핥았지. 푸가 여태껏 살면서 이토록 땀이 나고 긴장이 되기는 또 처음이었어. 그도 그럴 것이 그 앞에 있는 **발자국이 어느새 네 마리로 늘어났거든.**

"피글렛, 너도 보이지? 발자국을 봐! 아까 말한 그 위즐 한 마리에 이제는 우즐이 세 마리로 늘어났어. **다른 우즐 하나가 또 합세했나 봐!**"

정말이지 그런 것만 같았어. 발자국들은 어디에선 서로 어긋나 있고 또 다른 데선 서로 겹쳐져 있었는데, 곳곳에 드러난 네 쌍의 발자국은 의심의 여지없이 선명했지.

"나 있지."

피글렛이 말을 꺼냈어. 푸를 따라서 코끝을 핥아 보기도 했지만 피글렛의 쿵쾅쿵쾅 떨리는 마음은 좀처럼 진정되지가 않았지.

"방금 전에 갑자기 생각이 났는데 말이야. 그러니까 내가 깜박하고 어제 해야 할 일을 안 했다는 게 기억났어. 그게, 절대 내일로 미루면 안 되는 일이거든. 생각난 김에 지금이라도 얼른 집에 가서 해야겠어."

"오늘 오후에 같이 하자. 내가 이따가 너랑 같이 가 줄게."

푸가 피글렛에게 말했어.

"그게 오후에는 못 하는 일이거든."

푸의 말이 끝나기도 전에 피글렛이 얼른 대답했어.

"그건 꼭 오전에만 할 수 있는 일이야. 가능하다면 그러니까…… 푸, 혹시 지금 몇 시쯤 됐는지 알아?"

푸가 고개를 들어 태양의 위치를 살펴보고 대답했어.

"한 열두 시쯤 된 것 같은데."

"그럼 말이지, 그 일은 꼭 열두 시에서 열두 시 오 분 사이에 해야 하는 일이야. 그래서 말인데, 정말이지 너만 괜찮다면, 나 그만 가 봐도…… 앗, 그런데 저게 뭐지?"

그 말에 푸가 고개를 들어 하늘을 바라보았어. 그때 어디선가 또다시 휘파람 소리가 들리는 거야. 소리가 들리는 떡갈나무 가지 쪽으로 시선을 돌려 보니, 글쎄 거기 푸의 친구가 있었어!

"크리스토퍼 로빈이다!"

푸가 외쳤어.

"아, 그럼. 내가 가도 너는 괜찮겠구나!"

피글렛이 외쳤어.

"이제 크리스토퍼 로빈이 있으니까 너 혼자 있어도 문제없을 거야. 안녕!"

피글렛은 그렇게 말하며 언제 사라졌는지도 모르게 순식간에 집으로 뛰어갔어. 가까스로 위험에서 벗어났다고 생각하며 안도의 한숨을 크게 내쉬면서 말이야.

푸를 본 크리스토퍼 로빈이 느긋하게 나무 밑으로 내려왔어.

"바보 곰 같으니라고!"

그리고 푸를 보고 대뜸 이렇게 말하더니 묻기 시작했어.

"푸, 너 그런데 뭐하고 있던 거야? 처음에는 숲 주위를 혼자서 두 바퀴 돌더니 그 다음에는 피글렛하고 둘이 같이 한 바퀴 또 돌고, 그러고 나서 또 네 바퀴째 돌려고 하던데."

"잠깐!"

곰돌이 푸가 앞발을 들어 올리며 크리스토퍼 로빈의 말을 막았어.

그러고는 바닥에 앉아 곰곰이 생각을 하기 시작했지. 지금껏 살면서 푸가 뭔가를 그리 깊게 생각해 본 건 아마 그때가 처음이었을걸. 푸는 발자국으로 다가가서 그 위에다 자기 앞발을 슬며시 대어 보았어. 그러고는 코를 긁적거리면서 쭈뼛쭈뼛 일어섰지.

"그랬군."

푸가 말했어.

"이제야 알겠어."

위니 더 푸가 또 말했어.

"지금까지 내가 멍청이에다 바보짓을 한 거네. 난 역시 머리가 진짜 나쁜 곰인가 봐."

"그래도 넌 세상에서 제일가는 곰이야."

크리스토퍼 로빈이 달래듯 부드러운 목소리로 말했어.

"정말?"

푸가 언제 그랬냐는 듯이 금세 기분 좋아져서 물었어. 곧바로 얼굴색도 밝아지고 표정도 환해졌지.

"그건 그렇고, 벌써 점심시간이 다 됐네."

그렇게 푸는 천연덕스러운 표정을 하고는 점심을 먹으러 집으로 돌아갔단다.

4장 푸, 이요르의 잃어버린 꼬리를 찾아 주다

나이를 지긋이 먹은 회색 당나귀 이요르가 엉겅퀴가 무성하게 자란 숲속 한구석에서 엉거주춤한 자세로 서 있었어. 거기서 앞발을 넓게 벌리고 한쪽 다리에 머리를 기대고는 무언가를 골똘히 생각하고 있었지.

이요르는 수심이 가득한 얼굴을 하고는 먼저 '왜일까?' 하고 생각했다가, 다시 '무슨 이유에서?' 하는 생각도 하고, 또 '무엇 때문에?'라고도 생각했어. 그러다 보면 문득 자기 자신조차도 무슨 생각을 하고 있었던 건지 잊고 또 모든 게 까마득하게 느껴지기도 했지.

그래서 저만치에서 어슬렁어슬렁 걸어오고 있는 곰돌이 푸를 보았을 때 이요르는 뛸 듯이 기뻤어. 푸에게 인사를 하는 동안은 잠시 생각을 멈출 수 있을 테니까.

"잘 지내지, 푸?"

이요르가 축 처진 말투로 물었어.

"응, 너도 잘 지내?"

푸가 묻자 이요르가 고개를 절레절레 저으며 대답했어.

"모르겠어. 잘 지내는 게 뭔지 한참 잊고 지낸 것 같아."

"저런, 저런. 안됐구나. 이리 한번 와 봐. 어디 보자."

푸가 이렇게 말하고는 주위를 빙글 돌면서 이요르를 샅샅이 훑어보았어. 그러는 동안 이요르는 줄곧 슬픈 표정을 하고 땅바닥만 뚫어져라 쳐다보았지.

"어머, 네 꼬리 어떻게 된 거야?"

푸가 놀라서 물었어.

"내 꼬리가 **어떻게** 되었는데?"

이요르가 되물었어.

"없어!"

"정말이야?"

"응, 정말이야. 꼬리라는 게 그러니까 원래 있던 자리에 붙어 있거나 아니면 없거나 둘 중 하나 아냐? 그러니 척 보면 모를 리가 없지. 그런데, **없어!**"

"그러면 그 자리에 뭐가 있는데?"

"아무것도 없어."

"어디 한번 볼까?"

이요르는 이렇게 말하면서 얼마 전까지만 해도 꼬리가 있었던 자리를 향해 느릿느릿 고개를 돌렸어. 하지만 고개가 채 닿지 않자 반대 방향으로 돌려 앞으로 원상복귀 했다가, 이번엔 고개를 아래로 푹 숙여 앞발 사이로 깊숙이 집어넣고는 꼬리 쪽을 쳐다보았어. 그러고는 한숨을 길게 내쉬며 말했지.

"푸 네 말이 맞는 것 같다."

"그럼, 당연하지."

"어쩐지, 이제야 말이 되네."

이요르가 울상이 되어 거듭 말했어.

"그러면 그렇지. 이제야 알겠군."

"이요르 네가 어딘가에 떨어뜨리고 온 게 분명해."

푸가 말했어.

"누군가 훔쳐 간 걸 거야."

이요르가 답했어.

"설마 어떻게 그럴 수……."

푸는 한참 동안 할 말을 떠올리지 못하다가 결국 고개를 끄덕였어. 그리고 나선 이요르에게 뭐라도 도움이 되는 말을 해 주어야겠다 생각했지. 그런데 또 무슨 말을 해야 할지 도통 생각이 안 나는 거야. 그래서 대신 도움이 되는 일을 해 주기로 마음먹었어.

"이요르."

엄숙한 표정을 지으며 푸가 말을 꺼냈어.

"나 위니 더 푸가 너의 꼬리를 찾아 주겠어."

"고마워, 푸."

이요르가 말했어.

"너는 정말이지 다른 애들과는 다르게 진정한 친구야."

그렇게 해서 푸는 이요르의 꼬리를 찾아 길을 나섰어.

바야흐로 숲 곳곳에 봄기운이 가득한 날이었어. 파란 하늘에
는 작고 앙증맞은 깃털 구름이 즐겁게 노닐고 있었고, 구름들은
이따금씩 뜨거운 태양의 열을 식히려는 듯 다가와 그 앞을 살짝
가렸다가 또 언제 그랬냐는 듯 뒤에 오는 구름에게 그 자리를
넘겨주고 앞으로 나아갔어. 그런 와중에도 해님은 중간중간 그
찬란한 빛을 발하며 숲을 환하게 비추어 주었지. 그 봄빛을 받
고 밖으로 나온 너도밤나무의 연둣빛 새 옷이 너무도 화사하고
눈부셔서, 그 옆에 있는 전나무가 일 년 내내 입고 있던 녹색 옷
은 더없이 초라하고 볼품없게 보일 정도였어.

그 무성한 나무들 사이로 푸 곰이 힘차게 걸어갔어. 가시덤불
과 야생화 밭을 지나고, 울퉁불퉁한 바위가 깔린 시냇가를 지나
고, 가파른 둑을 올라 다시 야생화들로 가득한 들판을 지났어.
한참 뒤에야 비로소 푸는 지치고 배고픈 몸으로 백 에이커 숲에
다다랐어. 백 에이커 숲은 바로 올빼미가 사는 곳이었지.

"뭘 조금이라도 아는 누군가를 찾는다면 올빼미를 빼놓을 수
없지."

푸가 혼잣말로 중얼거렸어.

"이 말이 틀렸다면 내 이름이 위니 더 푸가 아니라고 해도 좋

아."

그러고는 바로 덧붙여 말했어.

"하지만 내 이름은 위니 더 푸가 틀림없으니까 내 말이 맞을
수밖에!"

올빼미는 운치 있고 멋진 옛 동네의 밤나무 저택에 살고 있었
어. 푸의 눈에는 그 집이 어느 누구의 집보다 더 크고 웅장해 보
였어. 왜냐고? 그 집 대문에는 문을 두드리는 데 쓰는 쇠고리와
종을 울리는 당김줄이 둘 다 달려 있었기 때문이지. 문의 쇠고
리 밑에는 다음과 같은 글귀가 새겨져 있었어.

데닪이 피됴하다면 종을 웅시리요.

그리고 종 아래로 늘어진 당김줄 밑에는 다음과 같은 글귀가
새겨져 있었지.

데닪이 피됴하지 안타면 녹크를 하사요.

이 글귀는 둘 다 크리스토퍼 로빈이 써 준 거야. 크리스토퍼
로빈은 숲 전체를 통틀어 글씨를 쓸 수 있는 유일한 사람이었거
든. 반면 올빼미는 다른 방면에서는 다른 이에게 버금가라면 서
러울 정도로 유식했지만, 글쓰기만은 자기 이름을 '울빼미'라고
쓸 수 있는 정도에 그쳤어. '홍역'이나 '버터를 바른 토스트' 같이

길고 어려운 말을 쓰라고 하면 여지없이 맥을 못 추었지.

푸는 주의을 기울여 열심히 그 글귀를 읽었어. 처음에는 왼쪽에서 오른쪽으로 찬찬히 읽었고, 혹시라도 빠트린 것이 있으면 안 되니까 오른쪽에서 왼쪽으로 한 번 더 읽었어. 그런 다음에는 뭐든 확실히 하는 게 좋으니까 우선 쇠고리를 두드리고 잡아당긴 뒤, 당김줄을 잡아당기고 두드리기까지 했어. 그런 다음 큰 소리로 올빼미를 불렀지.

"올빼미야! 나 대답이 필요해. 나 곰이야!"

이윽고 문이 열리고 올빼미가 얼굴을 내밀었어.

"안녕, 푸. 잘 지내?"

"사실은 슬프고 괴로워. 왜냐하면 내 친구인 이요르가 꼬리를 잃어버렸거든. 그리고 그것 때문에 이요르가 지금 매우 우울해하고 있어. 그래서 말인데, 너라면 잃어버린 꼬리를 어떻게 찾으면 되는지 알려 줄 수 있을 것 같아서 왔어."

"그래, 음. 이런 경우에 따르는 통상적인 절차를 알려 줄게."

올빼미가 유식한 말로 답했어.

"'통상적인 열차'가 무슨 말이야?"

푸가 물었어.

"나같이 머리가 안 좋은 곰은 그런 말을 들으면 머리가 아프거든."

"그 말은 바로 '해야 할 일'이라는 뜻이야."

"아, 그런 의미라면 이제 나도 알 것 같아."

푸가 겸손한 말투로 말했고 올빼미는 다시 설명을 시작했어.

"즉 이럴 때 해야 할 일은 다음과 같아. 첫째, 현상금 거는 방법을 채택해. 그리고 나서……."

"잠깐만!"

푸가 앞발을 치켜들고 올빼미의 말을 막았어.

"이럴 때 뭘 어떻게 해야 한다고? 뭐라고 했는지 다시 말해줘. 올빼미 네가 말하면서 '채' 하고 재채기를 하는 바람에 잘 못 들었어."

"나는 재채기 안 했는데?"

"했어. 했거든."

"푸야, 미안하지만 나는 절대 재채기를 하지 않았어. 어떻게 재채기한 걸 자기가 모를 수 있어?"

"글쎄, 네가 재채기하는 걸 들은 건 나니까 너는 모를 수도 있지."

"내가 뭐라고 했냐면, 우선 현상금 거는 방법을 채택해."

"있지, 너 또 재채기를 하면 어떡해."

푸가 이번에는 풀 죽은 목소리로 말했어.

"현상금을 걸라고!"

올빼미가 아주 큰 소리로 힘주어 말했어.

"즉 이요르의 꼬리를 찾아 주는 이한테 큰 상을 주겠다는 공고문을 쓰라는 거야."

"아, 알겠어. 알겠어."

푸가 머리를 끄덕였어.

"큰 상을 말하는 거구나."

그러자 푸는 갑자기 꿈속을 헤매기라도 하듯 중얼거리기 시작했어.

"오전 이맘때쯤에 나는 보통 작은 상을 차리는데. 그러고 보니 지금쯤 그럴 시간이 됐네."

푸가 고개를 돌려서 올빼미네 응접실 구석에 있는 찬장을 탐나는 눈빛으로 흘끗 쳐다보았어.

"연유 딱 한 입만 먹을 수 있다면. 아니면 꿀을 조금만, 맛이라도 보았으면……."

"자, 그럼."

올빼미는 전혀 개의치 않고 말했어.

"우선은 공고문을 쓰고, 그걸 숲 전체에 붙이는 거야."

"아, 꿀 한 입만……."

푸는 여전히 혼자 중얼거렸어.

"안 되면…… 안 된다면 할 수 없지만……."

결국 푸는 체념한 듯 깊이 한숨을 내쉬고는 올빼미가 하는 말을 집중해 들어야지 하고 애써 마음을 다잡았어.

올빼미는 더욱더 어려운 말을 써 가며 장황한 이야기를 늘어놓았어. 그러더니 결국은 처음에 했던 말로 다시 돌아와서는 그 공고문을 써야 할 사람은 크리스토퍼 로빈이라고 말했지.

"우리 집 문 앞에 있는 글도 크리스토퍼 로빈이 써 준 거야.

푸 너도 그거 봤지?"

하지만 푸는 올빼미가 하는 말이 무슨 말인지 제대로 알아듣지 못하고 있었어. 그래서 올빼미가 중간에 뭐라고 묻건 차례대로 한 번은 '응.'으로 다음에는 '아니.'로 번갈아 대답하던 중이었지. 그리고 바로 전에 '응. 맞아.'로 대답을 끝냈던 터라 이번엔 자동적으로 '아니, 전혀.'라고 대답했어.

"정말? 그걸 못 봤단 말이야?"

올빼미가 조금 놀랍다는 듯 물었어.

"자, 그렇다면 지금이라도 같이 나가서 보자."

둘은 밖으로 나갔어. 푸는 아까처럼 쇠고리와 그 밑에 있는 글귀를 한번 살펴보고, 다시 종의 당김줄과 그 밑에 있는 글귀도 살펴보았어. 그런데 그게 있지, 그 당김줄을 보면 볼수록 왠지 모르게 전에 어디선가 그것과 비슷한 걸 본 적이 있다는 생각이 드는 거야.

"이 줄 참 멋지지 않니?"

올빼미가 물었어.

푸는 고개를 한 번 끄덕이고 말했어.

"그런데 이상하게 이거 어디선가 본 적이 있는 것 같아. 그런데 잘 모르겠어. 너 이거 어디에서 난 거야?"

"그거? 숲에서 우연히 발견했어. 어느 나무 덤불에 걸려 있었거든. 처음에는 누군가 문에다 걸어 놓은 건가 싶어 당겨 보았는데 아무도 답이 없더라고. 너무 약하게 당겨서 못 알아들었나 싶어 다시 한 번 세게 잡아당겼어. 그랬더니 툭 하고 내 손에 떨어지던걸. 마침 주인도 없는 것 같아서 집으로 가져왔어."

"올빼미야."

푸가 엄숙하게 선언을 하듯 말했어.

"너 큰 실수한 거야. 그거 주인이 있어."

"누군데?"

"이요르. 내 친한 친구 이요르 거야. 그건 이요르가 매우 좋아하는 거였다고."

"좋아하는 거?"

"응, 자기 몸의 일부처럼."

푸가 슬픈 목소리로 답했어.

푸는 이 말을 끝내고 올빼미네 집에 묶여 있던 줄을 풀어 이요르에게 가져다주었어. 그리고 크리스토퍼 로빈이 와서 이요르의 꼬리를 못으로 원래 자리에 다시 박아 주었지. 그러자 이요르는 뛸 듯이 기뻐하며 꼬리를 덩실덩실 흔들면서 신나게 숲속을 뛰어다녔어. 그 모습에 곰돌이 푸도 덩달아 신이 나서 그 뒤를 쫓아다녔지.

그러다 문득 배가 고파진 푸는 간식 생각에 서둘러 집으로 돌아갔어. 그렇게 삼십 분 뒤, 푸는 흡족해진 얼굴로 입 주위를 쓱 닦으며 자랑스럽게 노래했어.

누가 꼬리를 찾았을까?

푸가 말하길, "나야, 나."

그때 시각은 두 시 십오 분 전이었어.

(그게 실제로는 열한 시 십오 분 전이었다는 사실.)

바로 내가 꼬리를 찾아 준 거야!

5장 헤팔룸푸를 만난 피글렛

하루는 크리스토퍼 로빈이 위니 더 푸, 피글렛과 함께 이야기를 나누고 있었어. 그러다 크리스토퍼 로빈이 입에 머금고 있던 음식을 삼키고 나서 무심코 한마디 했어.

"피글렛, 나 오늘 헤팔룸푸 봤다."

"그게 뭘 하고 있었는데?"

"그냥 뛰어가고 있던데. 그런데 헤팔룸푸는 날 못 본 거 같아."

"나도 그거, 전에 본 적 있어."

피글렛이 이렇게 말하고는 곧바로 덧붙여 말했어.

"그게, 적어도 난 그렇게 생각해. 어쩌면 내가 본 게 헤팔룸푸가 아니었을지도 모르지만."

"나도 본 적 있어."

푸가 끼어들어 말했어. 그러나 사실 속으로는 헤팔룸푸가 어떻게 생긴 것일까 궁금한 마음이 가득이었지.

"그렇게 자주 볼 수 있는 게 아닌데."

크리스토퍼 로빈이 별일 아니라는 투로 말했어.

"맞아. 요즘은 보기가 힘들지."

피글렛이 말했어.

"요즘은 철이 아니잖아."

푸도 말했어.

그렇게 어쩌다 보니 이야기는 다른 주제로 넘어갔고, 어느새 집에 갈 시간이 되어 푸와 피글렛은 함께 길을 나섰지. 처음에 둘은 아무 말도 하지 않고 조용히 백 에이커 숲 가장자리 길을 따라 터벅터벅 걸어갔어. 그러다 앞에 냇가가 나타났을 때는 서로를 도와 징검다리를 무사히 건넜지. 그 다음에는 야생화 밭이 나왔어. 둘은 다시 나란히 서서 걸어갈 수 있게 되었고, 그때부터 하나둘씩 이런저런 이야기가 나오기 시작했어. 그런데 갑자기 피글렛이 이런 얘기를 했어.

"푸야, 내가 무슨 말을 하는 건지 네가 알지 모르겠지만."

그 말에 푸가 끝까지 듣지도 않고 바로 대꾸했어.

"피글렛, 나도 바로 그 생각을 하고 있었어."

"그렇지만 푸, 우리가 잊지 말아야 하는 게 있어."

"네 말이 맞아, 피글렛. 내가 그만 깜박 잊고 있었지 뭐야."

그때 둘은 막 소나무 여섯 그루가 모여 있는 부근을 지나던 참이었어. 푸가 갑자기 주위를 두리번거리며 다른 누군가 있나 살피더니 짐짓 엄숙한 목소리를 하고 말했어.

"피글렛, 나 방금 결심했어."

"무슨 결심을 했다는 거야, 푸?"

"나 헤팔룸푸를 잡기로 결심했어."

푸는 이 말을 하고 나서 일부러 고개를 여러 번 계속 끄덕였어. 내심 피글렛이 자기한테 '어떻게?' 아니면 '푸, 그건 안 돼!' 같이 이런 상황에 도움이 될 만한 말을 해 주기를 기다렸던 거지. 그런데 피글렛은 아무 말도 하지 않았어. 사실 피글렛은 자기가 왜 그 생각을 푸보다 먼저 하지 못했을까 하고 속으로 후회하고 있었거든.

"꼭 하고 말 거야."

푸는 조금 더 기다리다가 결국 다시 말을 꺼냈어.

"덫을 쓰면 잡을 수 있을 거야. 그런데 그 덫이 먹히려면 머리를 진짜 잘 써야 하거든. 그래서 말인데 피글렛, 나 좀 도와줄 수 있겠니?"

"그럴게, 푸!"

뾰로통했던 피글렛은 다시 기분이 아주 좋아져서 답했어.

"우리가 뭘 어떻게 하면 되는 거야?"

피글렛이 조금 뒤에 물었어.

"그러게, 그게 문제야. 어떻게 하지?"

둘은 잠시 앉아서 생각을 해 보기로 했어.

푸가 처음에 생각한 방법은 땅에다 아주 깊은 구덩이를 파는 거였어. 그러면 헤팔룸푸가 와서 그 구덩이에 빠질 거라는 생각이었지. 그러면 저절로……

"그런데 왜?"

피글렛이 물었어.

"뭐가 왜야?"

"헤팔룸푸가 거기에 왜 빠진다는 거야?"

푸는 앞발로 코를 살살 문지르며 설명을 시작했어. 우선 헤팔룸푸가 노래를 흥얼거리며 길을 걸어가고 있는 거야. 그러다 문득 비가 오지 않을까 궁금해져서 하늘을 쳐다보는데, 그때 마침 구덩이가 앞에 있는지도 모르고 발을 헛디뎠다가 미처 손 쓸 새도 없이 그 안에 푹 빠져 버린다는 이야기였지.

피글렛이 그 얘길 듣고 나서 물었어. 그게 좋은 덫인 건 틀림없지만 만약 그때 이미 비가 오고 있는 중이라면 어떻게 되냐는 질문이었지.

푸는 다시 한 번 코를 쓱 문지르면서 미처 거기까지는 생각을 못했다고 말했어. 그러더니 갑자기 얼굴이 다시 환해져서는 이미 비가 오고 있는 상황이라면, 헤팔룸푸가 비가 언제 **그칠지** 궁금해하며 하늘을 쳐다볼 것이기 때문에 앞에 있는 구덩이를 못 보고 **빠져** 버릴 거라고 말했지. 한번 **빠져** 버린 후에는 이미 손 쓸 수 없는 상황이 될 거고.

설명을 들은 피글렛은 그렇다면 문제점이 다 해결되었으니 그 덫이 분명히 먹힐 것 같다고 말했어.

그 말을 듣고 우쭐해진 푸는 벌써부터 헤팔룸푸를 다 잡은 것마냥 기분이 매우 좋아졌어. 그러나 아직 한 가지 더 해결해야 할 중요한 문제가 남아 있었지. 그건 그 '아주 깊은 구덩이'를 과연 어디다 팔 것이냐 하는 문제였어.

피글렛은 헤팔룸푸가 한 발자국만 디뎌도 바로 떨어질 수 있도록 덫을 헤팔룸푸 바로 근처에 파야 한다고 했어.

"그러면 우리가 땅 파는 걸 보고 헤팔룸푸가 눈치채지 않을까?"

푸가 의문을 제기했어.

"걔가 하늘을 보고 있다면 못 보겠지."

"그래도 의심을 할 것 같은데. 혹시라도 어쩌다 아래를 내려다보면 어떡해?"

푸는 한동안 또 곰곰이 생각을 하다가 풀 죽은 목소리로 힘없이 말했어.

"이거 내가 생각했던 것보다 훨씬 쉽지 않네. 그래서 지금까지 헤팔룸푸가 거의 잡히지 않았던 건가 봐."

"그러게. 그런가 보다."

피글렛도 동의했어.

둘은 한숨을 크게 쉬고 자리에서 일어나 엉덩이에 붙은 덤불가시들을 털어 내고 다시 자리에 앉았어. 그때부터 푸는 계속 혼잣말로 중얼거렸지.

"분명 무슨 **좋은** 수가 있을 텐데!"

푸는 자기가 **머리를** 잘 써서 좋은 방법만 생각해 낸다면 반드시 헤팔룸푸를 잡을 수 있을 거라고 굳게 믿고 있었어.

"이렇게 생각해 봐."

문득 푸가 피글렛에게 말했어.

"피글렛, 만약 네가 나를 잡고 싶다면 어떻게 할 거야?"

"글쎄……. 나 같으면 이렇게 했을 거야. 우선 덫을 만들어 놓고 그 안에 꿀단지 하나를 갖다 놓을 거야. 네가 그 냄새를 맡고 덫으로 다가가겠지. 그러면……."

"그러면 내가 꿀을 찾아서 안으로 들어가겠지!"

푸가 흥분한 목소리로 소리쳤어.

"나는 우선 다치지 않게 조심조심하면서 구덩이 안으로 들어갈 거야. 그런 다음에 꿀단지를 손에 넣으면 그 가장자리만 먼저 핥아 먹겠지. 단지에 든 꿀이 그게 전부라고 생각하려 애쓰면서 말이야. 그렇지만 다시 밖으로 나와서 조금 생각해 보다가 결국은 단지 안에 들어 있는 꿀을 먹으러 다시 돌아갈 거야. 그러면……."

"그렇지! 그거야. 그러면 내가 덫을 어디다가 파야 할지 신경 쓰지 않아도 푸 네가 저절로 잡힐 거란 얘기지. 자, 그렇다면 이제 가장 먼저 생각해야 할 것은 이거야. 헤팔룸푸들이 제일 좋아하는 게 뭘까? 나는 도토리가 제격이라고 생각하는데, 어때? 도토리들을 많이 모아 놓으면……. 어머, 이런. 푸야, 정신 좀

차려 봐!"

그새 꿀 생각을 하다 행복한 상상의 나라에 가 있던 푸가 깜짝 놀라 벌떡 일어났어. 그러고는 대뜸 한다는 소리가 꿀이 '도토리'보다 훨씬 더 효과가 있다는 거였지. 물론 피글렛은 그 말에 동의하지 않았어. 그래서 하마터면 둘 사이에 말다툼이 일어날 뻔했어. 그런데 그때 피글렛의 머릿속에 한 가지 꾀가 떠올랐어. 만약 도토리를 덫에 놓기로 한다면 자신이 도토리를 구하러 다녀야 하는데, 꿀을 넣기로 한다면 푸가 자기한테 있는 꿀을 갖고 와야 할 거라는 생각이었지. 그래서 피글렛이 말했어.

"좋아, 꿀로 하자."

사실 그땐 푸도 막 피글렛과 같은 생각을 하며 '좋아, 도토리로 하자.'라고 말하려는 참이었어.

"꿀로 하기로 해."

그때 다시 피글렛이 자신이 양보하겠다는 투로 잔뜩 힘주어 말했고 하는 수 없이 덫에 놓을 미끼는 꿀로 정해졌어.

"내가 구덩이를 팔게. 너는 가서 꿀을 가져와."

피글렛이 계획을 말했어.

"알았어."

푸는 이렇게 말하고 성큼성큼 집으로 향했어.

그리고 집에 도착하자마자 식품 창고로 갔지. 의자를 선반 밑에 놓고 그 위에 올라가서 맨 위 칸에 있던 제일 커다란 꿀단지를 꺼내 들고 조심스레 내려왔어. 단지 위에 '꾸울'이라고 쓰여 있긴 했지만, 만에 하나 모르니까 확실히 하기 위해 종이 뚜껑을 열고 내용물을 살펴보았어. 안에 있는 건 꿀이 **분명해 보였지.**

"음, 그렇지만 혹시 모르는 거야. 전에 한번 작은아버지가 꼭 이런 색깔을 한 치즈를 본 적 있다고 말씀하셨던 게 기억나거든."

푸는 이렇게 말하며 단지 속에 혀를 밀어 넣고 한입 쓱 핥았어.

"맞네, 맞아. 꿀이 확실해. 그런데 단지 밑까지 전부 다 꿀이 맞겠지? 설마 누군가 장난치려고 밑에다 치즈를 깔아 놓은 건 아니겠지? 아무래도 조금 더 아래까지 살펴보는 게 좋겠어. 혹시 모르니까…… 헤팔룸푸가 치즈를 안 좋아하면 어떡해……. 나처럼 말이야……. 아!"

마침내 푸가 크게 숨을 쉬며 말했어.

"내 **생각이 맞았어.** 역시 맨 밑까지 전부 **꿀이야.**"

단지에 든 것이 다 꿀이라는 것을 확실히 한 푸는 서둘러 피글렛에게 달려갔어. '아주 깊은 구덩이'를 파내려 가고 있던 피글렛이 저 아래에서 푸를 올려다보고 물었어.

"가져왔어?"

"응, 그런데 꿀이 별로 많지는 않아."

푸가 단지를 피글렛에게 던져 주었어.

"이런, 정말이네. 이건 꿀이 별로 없잖아! 남은 게 이게 다야?"

푸는 '그렇다'고 답했어. 어찌됐든 그게 사실은 사실이니까. 피글렛은 아쉬운 대로 단지를 구덩이 밑바닥에 놓고 밖으로 기어 올라왔어. 이제는 각자 집으로 돌아가야 할 시간이었지.

"그럼, 잘 들어가, 푸."

함께 걸어가다 푸네 집에 다다라서 피글렛이 작별 인사를 했어.

"이제 내일 아침 여섯 시에 여섯 그루 소나무들 옆에서 보면 되는 거지? 과연 우리가 놓은 덫에 헤팔룸푸가 몇 마리나 잡혀 있을까나?"

"응. 여섯 시 맞아, 피글렛. 그런데 혹시 너 '끈' 같은 거 있어?"

"아니. 끈은 왜 필요한데?"

"헤팔룸푸를 잡아 집에 데려오려면 끈으로 묶어야 하잖아."

"아! 그래……? 나는 네가 휘파람을 불면 걔들이 알아서 따라오는 건 줄 알았어."

"그게, 그런 애들도 있지만 그렇지 않은 애들도 있거든. 헤팔룸푸들은 좀처럼 쉽게 예측할 수가 없어서 말이야. 아무튼, 안녕! 잘 자!"

"너도. 잘 가!"

그렇게 푸는 집에 들어가 잠자리에 들 준비를 했고, 피글렛은 종종걸음으로 '침입자 W' 명패가 달린 자기 집으로 돌아갔어.

몇 시간 후, 밤이 끝을 향해 가고 있을 때였어. 푸는 갑자기 속에서 철렁하는 기분이 들어 잠에서 깼어. 전에도 그런 기분을 느껴 본 적이 있었기에 푸는 그게 무엇을 의미하는지 잘 알고 있었어. 바로 **배가 고프**다는 신호였지. 그래서 푸는 식품 창고로 가서는 선반 앞에 의자를 놓고 올라가 맨 위 칸을 손으로 더듬었어. 당연히 그 위에는 아무것도 없었지.

'그것 참 이상하네.'

푸는 생각했어.

'분명히 예전에 꿀단지 하나를 위에 갖다 놓았는데. 바로 저 위에 꿀로 찰랑거리는 단지를 올려놓고, 나중에 잊어버릴까 봐 그 위에 '**꾸울**'이라고 써 놓기까지 했는데. 이거 정말 귀신이 곡할 노릇이네.'

푸는 꿀이 도대체 어디로 갔는지 영문을 몰라 답답해하며, 사다리를 계속 올라갔다 내려갔다 하면서 속으로 나지막이 중얼거렸어.

이거 정말, 정말 이상하네.

나한테는 **분명** 꿀이 있었는데.

'**꾸울**'이라고

그 위에 써 놓기까지 했는데.

찰랑찰랑 단지 꼭대기까지 가득 찬 맛나디 맛난 꿀이었는데,

아, 이제는 어디로 갔는지 모르겠네.

아니, 이젠 어디에 있는지 모르겠네.

이것 참 정말 이상하네.

푸는 노래를 하듯 곡조에 맞추어 한 세 번 정도 이렇게 중얼거렸어. 그리고 마침내 기억을 해냈지. 바로 자신이 그 꿀을 낮에 헤팔룸푸를 잡기 위한 덫에 갖다 놓았다는 사실을!

"아, 이런!"

푸가 탄식을 내뱉었어.

"이거 헤팔룸푸한테만 좋은 일 하게 생겼잖아!"

그리고 다시 잠자리로 돌아갔어.

그러나 잠이 오지 않았지. 자려고 애를 쓸수록 잠은 저만치 더 멀리 달아나기만 했어. 결국 푸는 양을 세어 보기로 했지. 가끔 잠이 안 올 때 쓰던 방법이었거든. 하지만 소용이 없었어. 그래서 이번엔 헤팔룸푸를 세어 보기로 했지. 아뿔싸, 이건 더 안 먹히네. 헤팔룸푸를 생각할 때마다 푸 머릿속에 떠오르는 건 헤팔룸푸가 꿀단지로 곧장 달려가서 그 속에 담긴 꿀을 **홀랑 다 먹어 버리는** 장면뿐이었거든.

참담한 기분으로 몇 분 정도 더 누워 있던 푸는 587번째 헤팔룸푸가 와서 '이 꿀 정말 맛있는걸. 이렇게 맛있는 꿀은 정말 처음이야!' 하고 말하며 꿀을 다 먹어 치우는 상상에 이르자 더 이상 참을 수가 없었어. 결국 침대에서 뛰쳐나와 집을 뒤로하고 소나무 여섯 그루가 있는 그곳으로 부리나케 뛰어갔지.

해님이 아직 잠자리에서 완전히 일어나지는 않았지만, 백 에이커 숲 너머로 보이는 하늘은 이제 잠옷 벗을 준비를 하며 희미하게나마 동을 틔우고 있었어. 새벽녘 어스름 사이로 보이는 소나무들은 어느 때보다 더 춥고 외로워 보였고, '아주 깊게 판 구덩이'는 어제보다 더 깊고 까마득해 보였지.

그렇지만 구덩이 바닥엔 여전히 푸의 꿀단지가 있었어. 처음엔 희미한 형체 때문에 긴가민가했지만, 가까이 다가갈수록 뛰어난 후각을 자랑하는 푸의 코가 그게 꿀이라는 사실을 거듭 확신시켜 주었지. 꿀 생각에 푸는 혀가 절로 나왔어. 그리고 다시금 꿀맛을 볼 생각에 입안 가득 침이 고였지.

"아, 이런!"

결국 아래로 내려간 푸가 단지 안에 코를 박고서 외쳤어.

"헤팔룸푸가 다 먹어 버렸잖아!"

그러더니 잠시 생각을 해 보고는 다시 말했지.

"아, 아니지 참. 내가 먹은 거지. 깜박했네."

정말이지 아까 단지 안의 꿀을 이렇게까지 많이 먹어 버린 줄은 몰랐던 거야. 푸는 아쉬우나마 바닥에 조금 남아 있던 꿀이라도 마저 다 먹으려고 단지에 머리를 쑥 밀어 넣고 열심히 꿀을 핥아 먹었어.

한편, 그때쯤 피글렛도 잠에서 깨어났어.

"아!"

눈을 뜨자마자 피글렛이 말했어.

"그래."

그러고는 용기를 내어서 말했지.

"가야겠지."

피글렛은 조금 더 용기를 내어 말했어. 그러나 사실은 그다지 용기가 나지 않았어. 피글렛의 머릿속엔 온통 '헤팔룸푸'라는 말만 어지럽게 맴돌 뿐이었거든.

헤팔룸푸는 어떻게 생겼을까?

사나운 동물일까?

휘파람을 불면 저절로 **따라올까? 어떤 식으로 따라올까?**

헤팔룸푸는 돼지를 좋아하긴 할까?

좋아하긴 해도 **돼지의 종류를** 가리는 건 아닐까?

만약 헤팔룸푸가 돼지들을 싫어한다 해도 **침입자 윌리엄이라는 할아버지가 있는 돼지는** 좀 다르게 봐 주지 않을까?

아직 이 질문들에 대한 답을 하나도 알지 못하는데…… 이제 고작 한 시간 후면 난생처음으로 헤팔룸푸를 눈앞에 마주해야 한다니!

물론 혼자 있는 건 아니고 푸가 옆에 함께 있을 거고, 둘이 있으면 혼자 있는 것보다 헤팔룸푸가 훨씬 더 온순하게 굴긴 할테지. 그렇지만 만약 헤팔룸푸가 돼지랑 곰을 둘 다 매우 싫어하면 어쩌지? 아무래도 오늘 갑자기 두통이 생겨서 약속 시간에 못 나가겠다고 하는 게 낫지 않을까? 그런데 그랬다가 오늘 날

씨도 화창한데 헤팔룸푸도 덫에 안 잡혀 있으면 어떡하지? 그렇다면 괜히 여기서 혼자 아무것도 못하고 오전 시간만 몽땅 다 낭비하는 꼴이 되고 마는데. 아, 어떻게 해야 할까?

그때 피글렛에게 아주 좋은 생각이 떠올랐어. 우선은 조용히 몰래 소나무 여섯 그루가 있는 약속 장소로 가는 거야. 그리고 덫에 헤팔룸푸가 **잡혀 있는지** 조심스럽게 살펴보는 거지. 그리고 만약 헤팔룸푸가 있다면? 그렇다면 말이지, 다시 집으로 와서 자는 척하는 거지. 그리고 만약 헤팔룸푸가 없다면? 그러면 거기서 약속대로 푸를 만나는 거야.

그런 결론에 이른 피글렛은 집을 나섰어. 가면서도 처음에는 '아무래도 헤팔룸푸는 없을 거야.' 하는 생각이 들었다가, 금세 또 '아니야, 있을지도 몰라.' 하는 생각이 들었어. 그렇게 조금씩 덫 가까이 다가가는데 웬걸, 정말 헤팔룸푸가 내는 것 같은 소리가 들리는 거야.

'어머나, 이런! 어머나, 이런! 어머나, 이럴 수가!'

피글렛은 속으로 정신없이 중얼거렸어. 여기서 그냥 돌아가야겠다는 생각이 간절했지. 그런데 한편으로는 이왕 이렇게 가까이까지 왔는데 헤팔룸푸가 어떻게 생겼는지 한 번은 보고 가야 할 것 같은 기분이 드는 거야. 그래서 피글렛은 덫 옆으로 살금살금 기어가 몰래 안을 들여다봤지.

그때 구덩이 안에서는 푸가 단지에서 머리를 **빼내려고** 무진 애를 쓰고 있었어. 단지를 벗으려고 흔들면 흔들수록 **빠질** 생각은 안 하고 더욱더 꽉 조여 오는 것만 같았지.

"아, 이런!"

푸는 단지 안에서 소리쳤어.

"아아, 도와줘!"

물론 그때 푸가 가장 많이 낸 소리는 '아야!' 하는 비명 소리였어.

급기야 푸는 여기저기 아무 데나 무턱대고 부딪혀 보기로 했어. 그렇지만 눈이 가려진 채로는 어디에 부딪히는 건지 알 길이 없었기에 그 방법은 별로 도움이 안 되었어. 그래서 구멍이 위로 올라가 보려고 했지만, 역시 깜깜한 단지 안에서는 아무것도 안 보였기에 어디로 나가야 하는지 찾지를 못했지. 그러다 결국 까마득한 절망과 슬픔에 휩싸여 단지에 낀 머리를 하늘 높이 쳐들고는 숲이 떠나가라 큰 소리로 포효를 내질렀어.

그리고 바로 그 순간이 하필 피글렛이 몰래 아래를 내려다보고 있던 때였어.

"도와줘! 도, 도, 도와줘!"

피글렛이 외쳤어.

"헤팔룸푸가 나타났어. 무시무시한 헤팔룸푸가!"

그리고 피글렛은 꽁지가 빠져라 줄행랑을 쳤어.

"나 좀 도와줘! 무시한 헤팔룹프가 나타났어! 무시시, 무서운 헬람룸푸야! 무시…… 무시…… 헤랄룹푸!"

피글렛은 정신없이 고래고래 소리를 지르며 크리스토퍼 로빈의 집으로 달려갔어.

"왜 그래, 피글렛? 무슨 문제라도 있어?"

방금 막 잠에서 깨어나 부스스한 얼굴로 크리스토퍼 로빈이 물었어.

"헤프……."

피글렛은 너무 숨이 차서 말도 제대로 이을 수가 없었어.

"그러니까 헤프… 헤프… 헤팔룸푸가 나타났어!"

"어디?"

"저기 위에!"

피글렛이 앞발을 마구 휘저으며 말했어.

"그게 어떻게 생겼는데?"

"그게, 어, 그게 말이지. 그거 머리가 이만 하게 커. 그렇게 큰 머리는 생전 처음 봤어, 크리스토퍼 로빈. 진짜 그것보다 더 큰 머리는 없을걸. 진짜 진짜로 크거든. 그니까 마치…… 그게 다른 거랑 비교할 수가 없어. 꼭 단지만 하다고 하면 모를까."

"그래? 직접 가서 한번 봐야겠다. 자, 따라와."

크리스토퍼 로빈이 신발을 신고 나서며 말했어. 크리스토퍼 로빈과 같이 간다면 무섭지 않았기에 피글렛도 순순히 따라나섰지.

"소리가 들리지? 그렇지?"

구덩이 가까이 다가갈수록 초조해진 피글렛이 물었어.

"무슨 소리가 들리기는 하네."

그 소리는 푸가 어쩌다 찾아낸 나무뿌리에 머리를 부딪히며 낸 소리였어.

"저기 있다!"

피글렛이 크리스토퍼 로빈의 손을 잡아끌며 외쳤어.

"정말 무시무시하지 않아?"

피글렛의 질문에도 아랑곳하지 않고 크리스토퍼 로빈은 갑자기 웃음을 터뜨렸어. 하하하…… 웃고 또 웃고…… 또 웃었지. 그리고 그렇게 웃는 사이에 '꽝' 하는 굉음이 울리면서 헤팔룸푸의 머리가 나무뿌리에 부딪혀 '쩍' 하고 갈라졌어. 그리고 푸의 머리가 밖으로 나오게 되었지.

그제야 피글렛은 자기가 얼마나 바보 같은 짓을 했는지 깨달았어. 그러고는 너무도 창피한 나머지 집으로 곧장 달려가서 정말로 심한 두통이 생겨 머리를 싸매고 누웠지. 한편 크리스토퍼 로빈과 푸는 함께 아침을 먹으러 집으로 향하며 도란도란 이야기를 나누었어.

"아, 푸! 이런 너를 어떻게 사랑하지 않을 수 있겠어!"

크리스토퍼 로빈이 푸를 보고 말했어.

"나도 그렇게 생각해."

푸가 이렇게 대꾸했어.

6장 이요르, 생일 축하해!

지긋한 나이의 회색 당나귀 이요르가 시냇가에 서서 물 위에 비친 자신의 모습을 바라보고 있다가 말했어.

"참 딱하기도 해라."

그리고 조금 있다 또다시 말했지.

"그러네. 정말 딱하기도 하지."

그리고는 몸을 돌려서 아주 천천히 냇가를 따라 한 20미터 정도 내려가더니, 첨벙거리며 시냇물을 건너가서 반대편 냇가에 섰어. 그리고 그쪽에 서서 다시 물 위에 비친 자신의 모습을 바라봤지.

"예상은 했지만 **여기서** 봐도 나을 게 없군. 하긴 그래 봐야 신경 쓰는 사람도 없으니까. 아무도 신경 안 써. 내 신세가 딱하군, 딱해."

그때 뒤쪽 고사리 덤불에서 바스락거리는 소리가 나더니 그 속에서 푸가 나왔어.

"좋은 아침이야, 이요르!"

"좋은 아침이야, 푸 곰아!"

이요르는 인사를 하고는 바로 축 처진 목소리로 덧붙여 말했어.

"딱히 **좋은 아침**이라고 할 수 있을지 모르겠지만⋯⋯. 아무래도 아닌 것 같긴 해."

"왜 그래? 무슨 걱정이라도 있어?"

"아니야, 푸 곰아. 아무 일도 아니야. 모든 걸 다 가질 수는 없는 법이니까. 나도 그렇고. 그냥 그런 거지, 뭐."

"뭘 모두 다 가질 수 없다는 말이야?"

푸가 콧등을 가만히 문지르며 물었어.

"즐겁게 지내는 것 말이야. 노래하고 춤추고. 뽕나무 주위를 빙글빙글 돌면서 즐겁게 노는 거."

"아!"

푸는 이렇게 말하고 한동안 생각에 잠겼어. 그리고 다시 물었지.

"그런데, 그건 무슨 뽕나무를 말하는 거야?"

"본-오미(Bon-hommy)."

이요르는 여전히 축 처져 있는 우울한 목소리로 답했어.

"이 말은 프랑스 말로 즐겁고 쾌활한 사람을 의미하는 건데,

그렇다고 내가 뭐라고 불평하는 건 아냐. 그냥 그렇다고."

푸는 커다란 바위 위에 걸터앉아 그 말이 무슨 말인지 알아내기 위해 곰곰이 생각했어. 이요르의 말은 도무지 무슨 말인지 알 수 없는 수수께끼처럼 들릴 뿐이었거든. 그리고 **머리가 그다지 좋지 않은** 곰인 푸는 수수께끼 푸는 일이라면 별로 자신이 없었어. 그래서 대신 **코틀스톤 파이** 노래를 불렀지.

코틀스톤, 코틀스톤, 코틀스톤 파이.
파리는 새처럼 날 수 없지만, 새는 파리처럼 날 수 있다네.
누가 나한테 수수께끼를 낸다면, 나는 이렇게 대답할 거야.
코틀스톤, 코틀스톤, 코틀스톤 파이.

이렇게 1절을 불렀어. 노래가 끝났는데도 이요르가 별로였다느니 하는 반응이 없기에 푸는 친절하게 2절도 불렀어.

코틀스톤, 코틀스톤, 코틀스톤 파이,
물고기가 휘파람을 못 부는 것처럼, 나도 못 분다네.
누가 나한테 수수께끼를 낸다면, 나는 이렇게 대답할 거야.
코틀스톤, 코틀스톤, 코틀스톤 파이.

이요르는 여전히 아무 말도 하지 않았어. 그래서 푸는 혼자만 들리게 작은 소리로 3절도 흥얼거렸지.

코틀스톤, 코틀스톤, 코틀스톤 파이,

닭은 왜 날지 못하는 걸까, 나도 모르겠어.

누가 나한테 수수께끼를 낸다면, 나는 이렇게 대답할 거야.

코틀스톤, 코틀스톤, 코틀스톤 파이.

"그래."

드디어 이요르가 말을 꺼냈어.

"노래해라, 노래해. 얼씨구나 좋다, 덩더쿵 쿵더쿵. 그렇게
도토리도 따고 꽃도 따고 하자꾸나. 그렇게 즐기자고."

"응, 나는 즐거운데."

푸가 말했어.

"그럴 수 있어서 참 좋겠다."

이요르가 우울하게 대꾸했어.

"왜 그래? 뭐가 문제야?"

"누가 문제 있다고 했어?"

"이요르, 너 정말 슬퍼 보이는걸."

"슬프다고? 내가 왜 슬퍼? 오늘은 내 생일이야. 생일은 일 년
중 가장 기쁜 날이어야 하잖아."

"오늘이 네 생일이라고?"

푸가 깜짝 놀라며 외쳤어.

"그럼, 물론이야. 여기 이거 안 보여? 자, 내가 받은 이 선물
들을 봐."

이요르가 한 발을 들어 양쪽으로 휘휘 저어 보이며 말했어.

"저기 생일 케이크도 있잖아. 촛불이 꽂혀 있고 분홍색 설탕으로 장식도 되어 있는."

푸는 어리둥절한 표정으로 두리번거렸어. 오른쪽으로 다시 왼쪽으로 한 번, 두 번.

"선물이라고? 생일 케이크라고? 어디에?"

푸가 물었어.

"안 보여?"

"응. 안 보이는데."

"사실은 나도 안 보여."

이요르가 말했어. 그러고는 갑자기 큰 소리로 외쳤지.

"농담이야. 하하!"

푸는 아직도 영문을 모르겠다는 듯 고개를 갸우뚱거리며 머리를 긁적였어.

"그런데 정말 오늘이 이요르 네 생일이야?"

푸가 물었어.

"응."

"오! 그렇담, 생일 축하해, 이요르!"

"그래, 너도 생일 축하해, 푸 곰아."

"그렇지만 오늘은 내 생일이 아닌걸!"

"응, 알아. 오늘은 내 생일이지."

"그런데 왜 나한테 생일 축하한다고 말하는 거야?"

"글쎄, 그러지 말라는 법도 없잖아? 내 생일이긴 하지만 그렇다고 네가 축하받는 게 싫지는 않잖아, 안 그래?"

"아, 그렇구나."

푸가 말했어.

그런데 그때 이요르가 금방이라도 울음을 터뜨릴 것 같은 표정이 되어서는 이렇게 말하는 거야.

"슬픈 건 나 혼자로도 충분해. 생일 선물도 없고, 생일 케이크도 없고, 생일 초도 없고……. 아무도 축하해 주지 않지만, 그래도 나 말고 다른 사람들도 다 슬픈 것보다는 그 편이……."

푸는 더 이상 그냥 듣고 있을 수가 없었어. 그래서 큰 소리로 외쳤지.

"그만, 여기 그대로 있어 봐!"

푸는 뒤로 돌아 재빨리 집으로 달려갔어. 불쌍한 이요르를 위해 당장 작은 선물이라도 해야겠다고 결심을 했거든. 무엇을 줘야 할지는 아직 결정 못했지만, 우선 집에 가면 생각이 날 거라고 믿으며 힘차게 달렸어.

드디어 집에 도착해서 보니 문밖에 피글렛이 찾아와 있었어. 문에 달린 쇠고리에 손이 잘 닿지 않아 그 앞에서 콩콩거리며 뛰고 있더라고.

"안녕, 피글렛!"

푸가 인사했어.

"안녕, 푸."

피글렛도 인사했어.

"너 지금 여기서 뭐 하는 거야?"

"노크를 하려고 하는데 저게 손에 안 닿아서 말이야. 여긴 그냥 놀러⋯⋯."

"내가 대신 해 줄게."

푸가 친절하게 말하며 손을 뻗어 대신 노크를 해 주었어. 그런 다음 피글렛에게 말했어.

"나 있지, 지금 이요르를 보고 오는 길이거든. 그런데 이요르가 아주 울상이야. 왜냐하면 오늘이 자기 생일인데 아무도 축하해 주는 사람이 없대. 그래서 지금 무척 우울해하고 있어. 너도 평소에 이요르가 어떤지 알잖아. 그러니 지금은 어떻겠어. 그건 그렇고, 여기에 누가 사는지 모르겠지만 노크한 지가 언젠데 왜 이렇게 안 나오는 거야?

푸가 손을 들어 다시 한 번 노크를 했어.

"그런데 푸야, 여기 너네 집이야!"

피글렛이 말했어.

"아하! 그렇구나. 그럼, 어서 들어가자."

그렇게 둘은 집 안으로 들어갔어. 집에 들어가서 푸가 제일 먼저 한 일은 바로 부엌으로 쪼르르 달려가는 것이었지. 그러고는 찬장을 열어서 전에 넣어 둔 작은 꿀단지가 아직 있는지 확인하고 그것을 꺼냈어.

"나는 선물로 이요르에게 이걸 줄까 해."

푸가 말했어. 그리고 피글렛에게 물었지.

"너는 뭘 줄 거야?"

"나도 그거 주면 안 될까? 우리 둘이서 같이 주는 걸로 하면 되잖아."

"아니. 그건 좋은 생각이 아닌 것 같아."

피글렛의 대답에 푸가 딱 잘라 말했어.

"그래? 그렇다면 나는 이요르에게 풍선을 줘야겠다. 전에 우리 집에서 파티를 하고 남은 게 하나 있거든. 집에 가서 그 풍선을 가져올게. 그럼 되겠지?"

"참 좋은 생각이야, 피글렛. 풍선만 있다면 이요르 기분이 다시 좋아지는 건 시간문제일 거야. 풍선을 보고 기분이 안 좋을 사람은 없으니까."

말을 마친 피글렛은 종종걸음으로 서둘러 집에 돌아갔어. 그리고 푸는 찬장에서 꺼낸 꿀단지를 안고 피글렛과 반대 방향 쪽으로 걸어가기 시작했지.

그런데 오늘따라 날이 매우 덥고, 가야 할 길은 더 까마득하기만 한 거야. 그러다 아직 반도 안 왔는데 갑자기 이상한 느낌이 푸의 온몸을 덮쳐 왔어. 처음에는 코끝에서 살짝 간질거리는 느낌으로 시작하더니 금세 온몸으로 퍼져서 발끝까지 느껴지는 것이었지. 그것은 마치 푸 안에 또 다른 누군가 있으면서 이렇게 속삭이는 것 같았어.

–푸야, 이제 뭘 좀 먹어 줄 시간이 되지 않았니?

"이런, 이런!"

푸가 외쳤어.

"벌써 시간이 이렇게 되었는데 까맣게 잊고 있었네."

푸는 바닥에 앉아서 가지고 가던 꿀단지를 꺼냈어.

"그래도 천만다행으로 이걸 싸 왔지 뭐야. 나 말고 다른 곰들은 이렇게 더운 날에 놀러 나올 때 이런 걸 챙길 기특한 생각을 못하겠지?"

그리고 흐뭇한 표정으로 꿀을 먹기 시작했어.

"자, 이제……."

단지에 남아 있던 마지막 꿀 한 방울까지 깨끗이 핥아 먹으며 푸가 말했어.

"내가 좀 전에 어디를 가고 있었더라. 아, 맞다, 이요르!"

푸는 천천히 자리에서 일어났어. 그런데 그 순간 깜박했던 모든 기억이 되돌아왔지. 방금 전에 자기가 이요르에게 주려던 생일 선물을 모조리 먹어 버렸다는 사실도!

"이런! 이제 **어떻게** 하면 좋지? 이요르한테 **뭔가** 주기는 **해야** 할 텐데."

푸는 한참 동안 묘안을 짜내려 고심했지만 좀처럼 좋은 생각이 떠오르지 않았어. 그러다 마침내 한 가지 생각을 해냈어.

"그러고 보니까 이것 참 멋지게 생긴 꿀단지란 말이야. 비록 안에 꿀은 없지만, 깨끗하게 물로 씻은 다음에 누군가한테 부탁해서 위에 '생일 축하해'라고 쓰면, 안에 다른 물건들을 보관할 수도 있고 이요르에게 여러모로 유용하게 쓰일 수 있을 거야."

그때 마침 푸는 백 에이커 숲을 지나던 참이었어. 그래서 그 숲에 사는 올빼미를 찾아갔어.

"안녕, 올빼미야!"

"안녕, 푸!"

"오늘 이요르의 생일인데 축하해!"

푸가 말했어.

"어, 오늘이 이요르 생일이었어?"

"올빼미 넌 무엇을 줄 거야?"

"푸 너는 뭘 줄 건데?"

"나는 유용하게 이런저런 물건을 보관할 수 있는 이 단지를 주려고 해. 그래서 너한테 부탁할 게 하나 있는데……."

"이게 그 단지야?"

올빼미가 푸의 말이 다 끝나기도 전에 푸의 손에서 단지를 받아 들었어.

"응, 그래서 말인데 부탁이 있거……."

"전에 누가 여기에 꿀을 담았던 것 같은데?"

올빼미가 물었어.

"거기엔 꿀 말고 다른 것들도 얼마든지 담을 수 있어."

푸가 아주 진지한 말투로 말했어.

"그만큼 그건 아주 유용한 물건이라고. 그런데 부탁이 있거……."

"그렇다면 이 위에 '생일 축하해'라는 말을 써서 줘야지."

"그게 바로 내가 너에게 부탁하려던 거야. 왜냐하면 내가 글씨를 쓰면 모양이 약간 삐뚤빼뚤하게 되거든. 글씨 쓰는 거야 나도 문제가 없지만, 삐뚤거리고 여기저기 조금씩 획이 빗나가서 예쁘지 않아. 그래서 말인데 네가 나 대신 '생일 축하해'라고 써 줄 수 있겠니?"

푸가 부탁했어.

"그러고 보니 이 단지 참 멋지게 생겼네."

올빼미는 단지를 한번 빙 돌려 보더니 푸에게 물었어.

"이거 나도 같이 주는 걸로 하면 안 될까? 우리 둘이 같이 주는 걸로 하면 되잖아."

"아니. 그건 좋은 생각이 아닌 것 같아."

푸가 단호하게 말했어.

"자, 내가 단지를 씻어 올 테니까 올빼미 너는 글씨 쓸 준비를 하고 있어."

푸는 나가서 단지를 물에 깨끗이 씻고 잘 말렸어. 그동안 올빼미는 연필 끝에 침을 묻히면서 '생일'이란 글자를 어떻게 써야 하는지 고심을 했지.

"푸야, 너 글자 읽을 수 있니?"

푸가 돌아오자 올빼미가 약간 불안한 말투로 물었어.

"우리 집 문밖에 보면 노크하고 종을 울리라고 크리스토퍼 로빈이 써 준 글귀 있잖아. 너 그거 읽을 수 있어?"

"그거? 전에 크리스토퍼 로빈이 무슨 말인지 알려 줘서 읽을 수 있게 되었어."

푸가 대답했어.

"그래? 그러면 지금 내가 쓰는 것도 다 쓰고 나서 무슨 말인지 알려 줄게. 그러면 그것도 읽을 수 있을 거야."

그러면서 올빼미는 단지 위에 글씨를 쓰기 시작했어. 완성된 글은 다음과 같았지.

숙카샤카 생이리 이새리 생이리.

푸가 감탄하는 눈빛으로 올빼미에게서 단지를 받아 들고는 찬찬히 살펴보았어.

"뭐, 이런 걸 가지고. 단지 '생일 축하해'라고 쓴 것뿐이야."

올빼미가 별것 아니라는 듯 으쓱대며 말했어.

"이렇게 길고 멋있게 써 주다니!"

푸는 진심으로 깊은 감명을 받은 눈치였어.

"그게 사실은 말이지, 내가 정말로 길게 쓰긴 했거든. 그러니까 뭐라고 쓴 거냐면 '생일 정말 축하해. 사랑을 담아서 푸가.' 이렇게 쓴 거야. 너 글을 이렇게 길게 쓰려면 자연히 연필심도 많이 든다는 거 알고 있겠지?"

"아, 그렇구나."

푸에게 이런 일들이 벌어지고 있는 동안 피글렛은 열심히 집에 가서 풍선을 가지고 나왔어. 그리고 풍선이 바람에 날아가지 않도록 손에 꼭 쥐고서 온 힘을 다해 빨리 달리기 시작했지. 푸보다 더 빨리 도착해서 선물을 이요르에게 먼저 주고 싶었거든. 그러면서 이요르한테는 다른 친구에게 들어서 안 게 아니고, 이요르의 생일을 원래부터 기억하고 있다가 선물을 가져온 것처럼 행동하기로 마음먹고 있었어.

'이요르가 얼마나 좋아할까!'

이런 생각을 하며 피글렛은 앞도 제대로 보지 않고 급하게 뛰어갔어. 그런데 아뿔싸……. 그만 토끼 굴에 발을 헛디딘 거야. 피글렛은 앞으로 푹 고꾸라졌어.

펑!!!???***!!!

피글렛은 차마 일어나지 못하고, 방금 무슨 일이 일어났던 걸까 영문을 모른 채 누워만 있었어. 그렇게 온 세상이 전부 다 펑 터져 버린 줄로만 알았지. 그리고 나서 조금 더 있다 보니 슬금슬금 온 세상은 아니고 숲만 터져 버린 건가 보다 하는 생각이 들었어. 그리고 또 조금 더 있다 보니 다른 건 그대로고 자기만 터져 버린 건가, 그래서 지금 자기가 달나라나 다른 별로 튕겨 온 건가 하는 생각이 들었어. 그런 생각과 함께 '아, 이제 크리스토퍼 로빈이랑 푸랑 이요르를 다시 못 보는 건가.' 하고 슬픈 기분이 들었어. 그러다 마지막엔 이런 생각을 하게 되었지.

'음, 내가 지금 달나라에 튕겨 왔다고 해도 계속 이렇게 엎어져 있을 수만은 없어.'

그래서 피글렛은 조심스럽게 자리를 털고 일어나 주위를 살펴보았어. 그런데 아까처럼 여전히 숲인 거야!

"그것 참 이상한 일이네. 그렇다면 아까 펑 하고 뭔가가 터진 소리는 뭐지? 나 혼자 넘어지면서 그런 큰 소리를 냈을 리는 없는데. 어, 그런데 내 풍선은 어디 갔지? 그리고 저 작은 고무 쪼가리는 뭐야?"

그건 바로 풍선이었지!

"앗, 이런!"

피글렛이 소리쳤어.

"아, 이걸 어쩐다. 이런, 이 일을 어째. 아, 어쩌나, 이런! 글쎄, 이제 너무 늦었는데. 다시 돌아갈 수도 없고, 어차피 나한테 풍선이 또 있는 것도 아니란 말이야. 그리고 어쩌면 이요르는 풍선을 **별로 안 좋아할지도 몰라.**"

피글렛은 체념한 상태로 터벅터벅 걸어갔어. 아까와는 사뭇 다르게 잔뜩 풀이 죽은 채로 말이야. 시냇가에 다다르자 이요르가 보였고, 피글렛은 이요르를 부르며 인사를 했어.

"좋은 아침이야, 이요르!"

"좋은 아침이야, 꼬마 피글렛."

이요르는 그러고 나서 아까처럼 덧붙였어.

"딱히 **좋은** 아침이라고 할 수 있을지 모르겠지만……. 아무래도 아닌 것 같긴 해."

그러고는 곧바로 이어 말했어.

"어쨌든 별로 상관없겠지."

"생일 축하해, 이요르!"

피글렛이 가까이 다가오며 말했어.

이요르가 그 말을 듣고는 냇물에 자기 모습을 비춰 보다 말고 갑자기 고개를 돌려 피글렛을 쳐다보았어.

"잠깐, 지금 한 말 다시 한 번 해 봐."

"생이……."

"잠깐! 조금만 기다려 봐."

이요르는 나머지 세 발로 균형을 잡으려 뒤뚱거리면서 한 발을 들어 올리더니 귀에다 갖다 대려고 애를 썼어.

"어제 했을 때는 잘 됐었는데."

그렇게 말하면서 한 세 번은 옆으로 넘어졌지.

"별건 아니야. 다만 이렇게 하면 네 말을 더 잘 들을 수 있거든. 자, 됐다! 그럼 피글렛, 이제 다시 말해 봐. 좀 전에 뭐라고 말한 거야?"

이요르가 앞발굽을 귀 뒤에 대고 귀를 쫑긋하게 모으며 물었어.

"생일 축하한다고!"

피글렛이 말했어.

"나 말이야?"

"물론이지, 이요르 너."

"내 생일?"

"그렇다니까."

"오늘 정말 내 생일날인 거야?"

"응, 맞아, 이요르. 내가 너한테 줄 선물도 가져왔는걸."

그 말에 이요르는 귀에 대고 있던 오른쪽 발굽을 내리고, 몸을 뒤틀면서 힘겹게 왼쪽 발굽을 귀에 갖다 대었어.

"그런 건 자고로 왼쪽 귀로 들어야 하는 법이야."

이요르가 이렇게 말하며 다시 물었어.

"자, 다시 말해 봐. 뭐라고?"

"선물이라고!"

피글렛이 아주 큰 소리로 외쳤어.

"나한테 주려고?"

"그렇다니까."

"아직도 내 생일 얘기를 하는 거야?"

"물론이지, 이요르 네 생일."

"오늘 정말 내 생일날인 거야?"

"그렇다니까, 이요르. 그리고 이건 내가 너에게 주는 풍선이야."

"**풍선이라고?**"

이요르가 확인하듯 계속 물었어.

"지금 풍선이라고 말한 거야? 그러니까 불면 크게 부풀어 오르는 색깔도 예쁜 그거 말하는 거 맞지? 즐겁게 노래하고 춤추며 이쪽으로 빙글 돌고, 또 저쪽으로 빙글 도는 그런 거?"

"응, 맞아. 그런데, 실은……. 이요르, 정말 미안해. 풍선을 가져오는 도중에 길에서 내가 그만 꽈당 하고 넘어졌어."

"저런, 저런, 어쩌다 그랬어! 너무 빨리 달리다가 그런 거구나. 그래, 어디 다친 데는 없니, 꼬마 피글렛?"

"아니, 나는 괜찮아. 그런데 말이지…… 그게…… 그게…… 이요르. 그 바람에 그만 풍선이 터져 버렸어."

그리고 한동안 둘 사이에는 정적이 흘렀어. 한참 뒤에 이요르가 무겁게 입을 열었어.

"내 풍선이?"

피글렛은 말없이 고개만 끄덕였어.

"내 생일 풍선?"

"응, 맞아, 이요르."

피글렛이 조금 훌쩍거리며 대답했어.

"자, 여기 받아. 생일 축하해."

그러면서 피글렛이 이요르에게 준 것은 작은 풍선 조각이었어.

"이게 그거야?"

이요르가 놀란 얼굴로 물었고 피글렛은 말없이 고개만 끄덕였어.

"이게 나한테 주는 선물이야?"

이요르가 또 묻자 피글렛은 이번에도 말없이 고개만 끄덕였어.

"그 풍선?"

"응."

"고마워, 피글렛."

조금 있다가 이요르가 망설이며 물어 왔어.

"피글렛, 이런 거 물어봐도 괜찮은지 모르겠지만 말이야. 혹시 이거, 전에 풍선이었을 때는 **무슨 색깔이었어?**"

"**빨간색.**"

"아, 어쩐지 그럴 줄 알았어. 내가 제일 좋아하는 색이네."

이요르가 혼자 뭐라고 중얼거리더니 또 물었어.

"그러면 크기는 얼마만 했어?"

"크기는 딱 나만 했어."

"어쩐지 그것도 그럴 줄 알았어. 전에 피글렛만 했던 거구나. 그것도 내가 제일 좋아하는 크기네. 저런, 저런."

피글렛은 정말 울고 싶은 기분이 되었어. 뭐라고 말을 더 하긴 해야 할 것 같은데, 그마저도 머릿속이 캄캄해서 아무 생각이 안 났어. 그러다가 다시 무슨 말이라도 해야지 싶어 입을 뗐다가, 금세 또 아무래도 아닌 것 같아 그만두려던 참이었어. 그때 마침, 강 건너편에서 누군가의 소리가 들렸어. 그리고 푸가 저만치서 모습을 드러냈지.

"생일 축하해, 이요르!"

푸가 아까 이미 한 번 말했다는 걸 깜박하고 멀리서 큰 소리로 외쳤어.

"고마워, 푸. 안 그래도 지금 그 이야기를 하고 있던 참이야."

이요르가 여전히 축 처진 목소리로 푸에게 들릴 듯 말 듯한 소리로 답했어.

"나 너한테 줄 선물을 가져가는 중이야!"

푸가 들뜬 목소리로 크게 외쳤어.

"나 선물 이미 받았는걸."

이요르가 말했어.

푸는 이제 막 냇가를 첨벙거리며 건너서 이요르에게 다가오고 있었어. 한편, 피글렛은 저만치 떨어져 앉아서 얼굴을 앞발에 묻고 훌쩍거리고 있었지.

"자, 여기 받아. 이거 정말 유용한 단지야. 그리고 여기 이건 '생일 정말 축하해, 사랑을 담아서 푸가.'라고 쓴 거야. 봐 봐, 여기 있는 글자가 바로 그 말이거든. 그리고 이 단지에다가는 네 물건을 보관하면 돼. 자, 받아!"

이요르가 푸에게서 단지를 받더니 흥분한 얼굴로 외쳤어.

"와! 이건 내 풍선을 넣으면 딱이겠는걸!"

"아, 안 되지, 이요르."

푸가 정색을 하며 말했어.

"풍선은 단지에 들어가기에는 너무 크거든. 풍선은 단지에 넣는 게 아니고 손에 쥐는 거야."

"내 건 아니야."

이요르가 의기양양한 태도로 말하며 피글렛을 불렀어.

"여기 봐 봐, 피글렛!"

그 말에 피글렛이 슬픔이 가득한 얼굴로 이요르를 쳐다보았어. 이요르는 일부러 보여 주려는 듯, 이빨로 풍선을 물어 올려서 조심스럽게 단지 안에 집어넣었어. 그러고는 그 풍선을 다시 단지에서 빼서 땅 위에 올려놓았다가 또 한 번 들어 올려 도로 단지에 집어넣었어.

"정말이네. 풍선이 안에 들어가네!"

푸가 신기하다는 표정으로 외쳤어.

"와, 정말이다! 그랬다가 다시 밖으로 나오기도 해!"

피글렛도 외쳤어.

"그렇지? 풍선도 다른 것처럼 단지에 들어갔다 나왔다 할 수 있어!"

이요르도 외쳤어.

"정말 기쁜걸. 이 단지를 유용하게 쓸 수 있게 뭔가를 줄 수 있다니 말이야!"

피글렛이 언제 울상이었냐는 듯 금세 싱글벙글한 표정이 되어 말했어.

하지만 그런 말들은 이요르의 귀에 전혀 들리지 않았어. 이요르는 풍선을 단지에 집어넣었다 뺐다 하면서 무척이나 바빴거든. 이요르가 이렇게 행복했던 적이 또 있었나 싶어.

"그런데요, 그날 저는 이요르한테 아무것도 안 주었나요?"

크리스토퍼 로빈이 시무룩한 얼굴로 물었습니다.

"당연히 너도 뭔가를 주었지."

그 말을 듣고 제가 대답했어요.

"너 선물했잖아. 기억 안 나? 그거 있잖아. 그거……."

"아, 맞다. 생각났다. 저는 그림을 그릴 수 있게 물감 한 상자를 주었죠!"

"맞아, 그랬지."

"그런데 왜 그걸 아침에 주지 않았을까요?"

"아침에는 네가 이요르의 생일 파티 준비를 하느라 한창 바빴거든. 그날 파티에서 아이싱을 얹은 근사한 케이크를 가져다가 촛불도 세 개 꽂아 주고, 분홍색 설탕으로 이름도 써 줬잖니. 거기다……."

"아, 이제 기억이 나네요!"

크리스토퍼 로빈이 말했습니다.

7장 캥거와 아기 루, 숲에 살게 되다

아무도 그들이 어디서 어떻게 왔는지 알지 못했지만, 언젠가부터 숲속에 캥거와 캥거의 아기인 루가 와서 살기 시작했어. 한번은 푸가 크리스토퍼 로빈에게 물었지.

"걔들이 어떻게 해서 여기에 오게 된 거야?"

"여기 사는 모두가 다 거친 똑같은 방법으로 걔들도 오게 된 거야. 푸 네가 그 뜻을 이해할지 모르겠다만."

"오!"

푸는 무슨 뜻인지 알지 못했지만 그냥 이렇게 외치며 고개를 두 번 끄덕이고는 말했어.

"모두가 다 거쳤던 똑같은 방법이었구나. 아하!"

그리고 나서 푸는 다른 친구들은 어떻게 생각하는지 궁금해 **피글렛**에게 쪼르르 달려갔어. 그런데 마침 피글렛의 집에 토끼가 놀러 와 있었어. 그래서 셋은 함께 이 문제에 대해 토의를 하기 시작했지.

"내가 마음에 안 드는 점은 바로 이거야."

토끼가 먼저 말을 시작했어.

"여기에 우리들이 먼저, 그러니까 우리, 즉 푸랑 피글렛 그리고 나 토끼가 평화롭게 살고 있었는데 갑자기……."

"이요르를 빼먹었잖아."

푸가 끼어들어 말했어.

"알았어. 그럼 이요르도 같이 살고 있었는데 갑자기……."

"올빼미도 있잖아."

푸가 또 끼어들었어.

"알았어. 그리고 올빼미도 같이 살고 있었지. 그런데 갑자기……."

"아, 맞다. **이요르**도 있네. 깜박했어."

푸가 또 끼어들어 말했어.

"아, 알았어, 알았어."

토끼가 다시 처음부터 천천히 또박또박 말했어.

"그러니까 '**우리들 모두**'가 사이좋게 이 숲에서 살고 있었잖아. 그런데 갑자기 어찌 된 일인지, 어느 날 아침 눈을 떴는데 이상한 녀석이 하나 굴러 들어와 있었다는 말이지. 그것도 전에 듣도 보도 못한 그런 녀석이 말이야! 그러니까 앞주머니에 자기 가족을 넣고 다니는 그런 이상한 동물이 어디 있담. 만약 내가 주머니에 **우리** 가족들을 다 넣어 다닌다고 쳐 봐. 도대체 주머니가 몇 개나 필요한 거야?"

"열여섯 개."

피글렛이 답했어.

"열일곱 개인 것 같은데 아닌가?"

토끼가 계속해서 말했어.

"거기다가 손수건을 넣을 데도 필요해. 그러니까 총 열여덟 개가 필요하겠네. 생각해 봐, 옷 하나에 주머니를 열여덟 개나 달아야 하는데 내가 그럴 시간이 어디 있어?"

토끼의 말이 끝나고 셋 사이에는 꽤 긴 정적이 흘렀어. 그리고 한참 동안 이마를 찌푸리면서 무슨 생각을 골똘히 하고 있던 푸가 마침내 입을 열었지.

"내 생각엔 열다섯 같은데?"

"뭐라고?"

토끼가 물었어.

"열다섯이라고."

"뭐가 열다섯이라는 거야?"

"너희 가족."

"우리 가족이 뭐 어떻다고?"

푸는 앞발로 코를 한번 쓱 비비고는 토끼에게 좀 전까지 가족이 몇 명인지에 대한 얘기를 하고 있던 게 아니냐고 물었어.

"그랬나?"

토끼가 대수롭지 않다는 듯 말했어.

"응, 네가 말했잖아······."

"그냥 넘어가자, 푸."

피글렛이 옆에서 조바심 나는 표정으로 말했어.

"지금 더 중요한 문제는 캥거를 어떻게 할 것이냐 하는 거거든."

"아, 그렇구나."

푸가 수긍하고 입을 다물었어.

"자, 가장 좋은 방법은 이거야."

다시 토끼가 이야기를 이어 나갔어.

"바로 캥거의 새끼인 루를 납치해서 캥거 몰래 숨기는 거야! 그리고 캥거가 '내 새끼 루가 어디 갔지?' 하고 궁금해하면 바로 그때 우리가 '아하!' 하고 외치는 거지."

"아하!"

푸가 한번 외쳐 보고는 연습을 하듯 계속 '아하! 아하!' 하고 반복했어. 그러다가 자신의 의견을 말했지.

"그런데 '아하!'는 우리가 굳이 새끼 루를 납치하지 않아도 할 수 있는 말 아니야?"

"푸야. 넌 정말 머리가 나쁘구나."

토끼가 애써 상냥한 말투로 말했어.

"나도 알아."

푸가 순순히 인정하듯 답했어.

"우리가 '아하!'라고 말하는 건 캥거에게 우리가 루를 데리고 있다는 걸 알려 주기 위해서야. 즉, '아하!'는 '새끼 루가 어디 있는지 우리가 알려 주겠다. 단, 네가 숲을 떠나서 다시는 돌아오지 않겠다고 약속한다면.' 이런 뜻이지. 자, 이제 내가 구체적인 방법을 생각해 내야 하니까 그동안은 나한테 말 시키지 마."

토끼의 말이 끝나자마자 푸는 구석 자리로 가서 토끼가 말한 대로 열심히 '아하!'를 연습했어. 그런데 연습을 하면 할수록 어떤 때는 정말 토끼가 말해 준 의미대로 들리기도 했지만, 어떤 때는 역시나 아닌 것 같았지. 푸는 속으로 이렇게 생각했어.

'열심히 연습을 하다 보면 언젠간 그렇게 들리게 되겠지. 그런데 혹시 캥거도 이 말을 같은 뜻으로 알아들으려면 나처럼 열심히 연습을 해야 하는 게 아닐까?'

그때 피글렛이 초조한 듯 몸을 비비 꼬며 말을 꺼냈어.

"저기, 딱 한 가지 걸리는 게 있는데 말이야. 요전에 크리스토퍼 로빈하고 이야기하다가 들었는데, 일반적으로 캥거가 사나운 동물로 알려져 있다고 하더라고. 그게, 나도 보통 때라면 맹수라고 해서 무서워하고 그러진 않겠지만, 맹수가 새끼를 빼앗기는 경우에 처하면 평소보다 두 배로 더 사납게 변해 버린다고 해서 말이야. 그런 경우에 캥거를 보고 '아하!'라고 말하는 건 아무래도 바보 같은 짓이 아닐까?"

"피글렛."

토끼가 연필 끝에 침을 바르며 말했어.

"너 정말 겁쟁이구나."

그러자 피글렛이 소심하게 훌쩍이며 말했어.

"너도 나 같이 **몸집이 작은 동물**이어 봐, 용감해지는 게 쉬운 일이 아니야."

토끼가 뭔가를 열심히 적다 말고 피글렛을 향해 말했어.

"바로 네가 몸집이 아주 작은 동물이기 때문에 지금 우리가 펼칠 작전에서 매우 **중요한 역할**을 맡게 될 거야."

피글렛은 자기가 매우 중요한 역할을 하게 될 거라는 말에 너무도 들뜬 나머지 무서움 따위는 깡그리 잊어버리고 말았어. 게다가 토끼가 캥거는 겨울철에만 성질이 사납고 다른 계절에는 **온순하고 정이 많은** 동물이라고 설명하자, 당장에라도 중요한 역할을 시작하고 싶어 작은 엉덩이를 들썩거렸지.

그때였어.

"나는? 나는 쓸모가 없는 거야?"

푸가 풀 죽은 표정으로 물었어.

"너무 마음 쓰지 마, 푸. 너한테는 또 다른 기회가 있을 거야."

피글렛이 나서서 푸를 달랬어.

그런데 그때 토끼가 연필을 깎으면서 진지하게 말했어.

"사실 푸가 없으면 우리의 작전은 성공할 수 없어."

"아!"

피글렛이 실망한 표정을 애써 감추며 탄성을 내뱉었어. 반면에 푸는 의기양양한 표정으로 구석 자리에 가서는 자랑스럽게 혼잣말을 했지.

"내가 없으면 불가능하다잖아! 내가 바로 그런 곰이야!"

그때 필기를 마친 토끼가 푸와 피글렛을 불러 모았어. 그리고 둘은 입을 헤 벌리고 토끼가 하는 말을 한 마디라도 놓칠세라 귀 기울여 열심히 들었지. 토끼가 읽어 준 작전은 다음과 같아.

새끼 루 포획 작전

1. **일반 지침 사항:** 캥거는 우리들 중 누구보다, 심지어 나보다도 더 빨리 달릴 수 있음.

2. **추가 지침 사항:** 캥거는 루가 자기 주머니 속에 들어오기 전에는 절대 루에게서 눈을 떼지 않음.

3. **결론:** 우리가 새끼 루를 수중에 넣으면 캥거보다 훨씬 앞서서 그 자리를 벗어나야 함. 그렇지 않으면 캥거는 우리들 중 누구라도, 심지어는 나도 따라잡을 수 있음.(1번 참조)

4. **방안 1:** 루가 캥거의 주머니 밖에 나와 있을 때 피글렛이 재빨리 그 주머니로 들어갈 것. 캥거는 그래도 그게 루가 아니라는 걸 모를 것임. 그 이유: 피글렛의 몸집이 아주 작기 때문임.

5. 루만큼이나 작기 때문임.

6. 하지만 방안 1이 먹히기 위해선 캥거가 우선 다른 곳을 보고 있어야 함. 그래야 피글렛이 주머니로 들어갈 때 들키지 않을 것임.

7. 2번 사항 참조

8. **방안 2:** 그런데 만약 푸가 캥거와 매우 재미있는 이야기를 하고 있는 중이라면, 캥거가 잠시 다른 곳으로 눈을 돌리게 할 수 있음.

9. 그러면 그때 내가 루를 데리고 도망침.

10. 재빠르게.

11. **그러면 캥거는 한참 지나서야 루가 뒤바뀐 사실을 알게 될 것임.**

그렇게 토끼는 아주 자랑스럽게 자신의 계획을 둘에게 발표했어. 발표가 끝나고 한동안은 셋 다 아무 말도 하지 않았지. 말을 꺼낼까 말까 망설이며 우물쭈물 입을 열었다 닫았다 하던 피글렛이 이윽고 쉰 목소리로 말을 꺼냈어.

"그리고 그 다음엔……?"

"그 다음이라니?"

"루가 뒤바뀐 사실을 **알게** 된 다음에는 어떻게 해?

"그때는 우리 모두 같이 '아하!'라고 외치는 거지."

"우리 셋이 다 같이?"

"그렇지."

"아!"

"왜 무슨 문제 있어, 피글렛?"

"아니, 아무것도 아냐. 우리가 다 같이 말하는 거라면 괜찮아."

피글렛이 조금 쉬었다가 말을 이었어.

"우리 셋이 다 같이 말하는 거라면, 나도 문제없어. 만약 나 혼자 '아하!'라고 말해야 하는 거면 사실 그럴 자신이 없거든. 나 혼자서 그 말을 해서는 효과도 별로 없을 테고 말이야. 그건 그렇고 있지, 토끼 너 아까 한 겨울철 얘기 확실한 거 맞지?"

"겨울철 얘기?"

"응, 캥거가 겨울철에만 사납다고 말한 거."

"응, 그럼, 그럼. 그건 문제없을 거야. 자, 푸 너도 너의 임무가 뭔지 잘 알았겠지?"

"아니."

푸 곰이 대답했어.

"나는 아직 잘 모르겠는데. 내가 뭘 해야 하는 거야?"

"그게 그러니까 말이지, 너는 캥거한테 열심히 말을 시키면 되는 거야. 뒤에서 무슨 일이 일어나고 있는지 캥거가 전혀 눈치를 못 채도록."

"아, 그런 거야? 그런데 무슨 말을 시켜?"

"아무거나, 네가 좋아하는 거."

"그렇다면 캥거한테 시 얘기를 해도 돼?"

"바로 그거야! 자, 훌륭하다. 이제 가자."

토끼의 말을 끝으로 셋은 함께 캥거를 찾아 나섰어.

캥거는 루와 함께 숲속 모래밭에서 한가로운 오후 나절을 보내고 있었어. 새끼 루는 모래밭에서 한창 높이뛰기 연습을 하며 쥐구멍에 들어갔다 나왔다 했고, 어미 캥거는 몸이 달아 루를 쳐다보고 있었지.

"자, 아가야, 이제 한 번만 더 연습하고 그만 가자. 집에 갈 시간이야."

캥거가 루에게 말했어.

그런데 그때 성큼성큼 언덕 위를 향해 올라오는 동물이 하나 있었으니…… 바로 푸였어.

"안녕, 캥거!"

"안녕, 푸!"

"내가 얼마나 잘 뛰는지 봐요!"

루가 쥐구멍에 깡총하고 뛰어 들어가며 소리쳤어.

"안녕, 꼬마 친구, 루!"

"우리는 이제 막 집에 가려던 참이야."

캥거가 말했어.

그때 반대편으로 언덕에 막 올라온 토끼와 피글렛도 캥거와 루에게 차례로 인사했어.

"안녕, 캥거! 안녕, 루!"

"어, 안녕, 토끼야! 안녕, 피글렛!"

루는 토끼와 피글렛에게도 자기가 뛰는 모습을 봐 달라고 외쳤고, 둘은 곁에 서서 그 모습을 봐 주었어.

물론 캥거는 그런 루에게서 한시도 눈을 떼지 않았지.

"아, 캥거, 그런데 있지."

토끼가 윙크 두 번으로 신호를 보내자 푸가 말을 꺼냈어.

"너 혹시 시에 관심 있니?"

"별로 없는데."

캥거가 말했어.

"아, 그래?"

"루, 아가야. 이제 정말 한 번만 더 뛰고 그만 집에 가자!"

루가 또 한번 쥐구멍으로 뛰어내렸고 그 사이 짧은 정적이 흘렀어.

"어서!"

토끼가 앞발을 입에 모아 다 들릴 정도로 크게 푸를 재촉하며 속삭였어.

"시 이야기가 나와서 말인데……."

푸가 다시 말을 꺼냈어.

"내가 여기 오면서 짧은 시를 하나 지었거든. 이렇게 시작되는데 들어 볼래? 자, 그러니까……."

"그것 참 멋지구나!"

캥거는 성의 없이 말하고는 계속 루만 바라보았어.

"자, 루야, 아가야……."

"캥거야, 너 푸의 시를 들어 보면 좋아할 거야."

토끼가 옆에서 거들었어.

"정말 좋아할 거야!"

피글렛도 거들었어.

"한번 잘 들어 봐."

토끼가 재차 말했어.

"한 마디도 놓치면 안 돼."

피글렛도 말했어.

"아, 그래. 알았어."

캥거는 여전히 새끼 루를 쳐다보면서 마지못해 대답했어.

"그래, 푸, 시작해 봐. 그 시 **어떻게 되더라?**"

토끼의 말에 푸가 헛기침을 한번 하고는 시를 낭송하기 시작
했지.

머리가 안 좋은 곰이 지은 시

월요일, 해가 뜨겁게 내리쬐는 날이면,
나는 속으로 많은 생각을 하네.
"그게 사실일까, 사실이 아닐까?"
"무엇이 어떤 거고, 어떤 게 무엇일까?"

화요일, 세찬 눈바람이 부는 날이면,
자꾸만 그런 기분이 들어.
어느 누구도 잘 모르는 그런 기분.
그것들이 이것일까, 이것들이 그것일까?

수요일, 파란 하늘이 펼쳐지는 날이면,
그리고 내가 할 일이 없는 날이면,
나는 가끔 그게 사실일까 생각해.
누가 무엇이고, 무엇이 누구일까?

목요일, 추위로 꽁꽁 얼어붙는 날이면,
그리고 나무 위에 서리가 하얗게 내리는 날이면,
누구든 얼마나 쉽게 알 수 있을까,
이것들이 누구의 것인가. 그런데 이것들은 누구의 것인가?

금요일, ……

"그래, 이제 금요일이라고, 맞지?"

금요일에 관한 절이 시작하기도 전에 캥거가 푸의 말을 막고 루에게 말했어.

"루야, 아가, 이제 딱 한 번만이다. 그러고는 정말로 집에 가는 거야."

토끼가 푸의 옆구리를 쿡쿡 찌르며 서두르라는 신호를 보냈

어.

"그러니까 시에 대한 이야기가 나와서 말인데……."

푸는 서둘러 말했지.

"캥거 너, 혹시 저기에 나무가 있다는 거 알고 있었니?"

"어디?"

캥거가 대충 대꾸를 하면서 루를 또 재촉했어.

"자, 루야!"

"바로 저기!"

푸가 캥거의 뒤쪽을 가리키며 말했어.

"아니, 몰랐어. 자, 루야, 아가, 어서 안으로 들어오렴. 그리고 집에 가자."

"저기 있는 저 나무를 봐."

이번에는 토끼가 거들며 말했어.

"루야, 내가 들어 올려 줄까?

토끼가 두 앞발을 내밀어 루를 위로 들어 올렸어.

"여기서도 나무 위에 새가 보이네. 아니, 저건 새가 아니고 물고기인가?"

푸가 말했어.

"캥거야, 너도 저 새를 봐 봐. 아니, 물고기일지도 모르겠지만."

토끼가 거들었어.

"물고기 아닌 거 같은데? 저건 새야, 새."

피글렛도 말했어.

"그래, 그러게. 새가 맞네."

토끼가 말했어.

"그런데 저거 찌르레기야? 까마귀야?"

푸가 물었어.

"그거 좋은 질문이다. 저거 정말 찌르레기니? 아니면 까마귀니?"

토끼도 물었어.

그때, 마침내 캥거가 고개를 돌려 뒤를 보았어. 그리고 그 순간 토끼가 소리쳤지.

"루야, 들어가!"

그 소리에 피글렛이 재빨리 캥거의 주머니 안으로 쏙 들어갔고, 토끼는 루를 안고서 걸음아 나 살려라 하고 잽싸게 달아났어.

"어, 토끼 어디 갔어? 루야, 너 괜찮니?"

캥거가 다시 고개를 돌려 아래를 향해 묻자 피글렛이 캥거의 주머니 속에서 루의 소리를 흉내 내어 끽끽거렸어.

"토끼는 갑자기 가야 된다고 해서 갔어. 내 생각엔 토끼한테 무슨 볼일이 생긴 것 같아."

푸가 말했어.

"피글렛은?"

"내 생각엔 피글렛도 동시에 볼일이 생긴 것 같아. 갑자기."

"그래? 우리도 그만 집에 가야겠다. 잘 있어, 푸!"

캥거가 인사를 하고는 크게 뛰어서 세 발자국만에 푸의 눈앞에서 사라졌어.

푸는 캥거의 뒷모습을 부러운 눈으로 바라보며 생각했어.

"나도 캥거처럼 저렇게 뛸 수 있다면 좋을 텐데. 하긴 저런 걸 아무나 다 할 수 있는 건 아니겠지. 그런 게 이치니까."

한편, 그때 피글렛은 캥거의 그 능력이 전혀 달갑지 않은 순간을 맞이하고 있었어. 사실 예전에는 숲에서 집으로 돌아가는 길이 너무도 멀게 느껴질 때면 날개가 있어서 새처럼 날아갈 수 있다면 얼마나 좋을까 하고, 피글렛이 얼마나 바랐는지 몰라. 그런데 이제 캥거의 주머니 안에서 이렇게 정신없이 위아래로 마구 흔들리다 보니 그런 생각이 싹 사라져 버렸어. 그리고 짬이 나는 순간순간 속으로 간절히 바랐어.

나는 게　　　　다시는　　　　　테야.
만약　　이런　　난　　날기를　　않을
　　　　거라면,　　　　　바라지

그렇게 피글렛은 하늘 위로 올라가면서는 "오오우우!" 그리고 땅 위로 내려오면서는 "아아우우!" 하고 소리를 질러 댔어. 그리고 피글렛의 외침은 캥거의 집에 도착할 때까지 쉬지 않고 계속되었지.

"오오우우 아아우우! 오오우우 아아우우! 오오우우 아아우우!"

물론 캥거는 주머니를 열자마자 무슨 일이 일어났는지 사태를 파악했어. 그리고 아주 잠깐은 약간 겁이 난 것도 사실이야. 그렇지만 캥거는 금방 평정을 찾을 수 있었어. 크리스토퍼 로빈이 절대 루에게 해가 될 일이 일어나지 않게 할 거라는 사실을 알고 있었거든. 그렇게 생각하고 나자 캥거는 속으로 이런 결심이 생겼어.

'너희들이 나에게 장난을 걸어왔다 이거지. 어디, 그렇담 나도 똑같이 갚아 주겠어.'

캥거가 피글렛을 주머니에서 꺼내며 말했어.

"자, 이제, 루야. 잠자리에 들 시간이네."

"아하!"

피글렛은 힘든 여정으로 충격이 아직 채 가시지 않은 상태였지만 최대한 용기를 내어 힘차게 말했어. 그러나 그 '아하!'가 별로 신통치 않았는지, 캥거는 무슨 뜻인지 전혀 못 알아듣는 눈치였어.

"먼저 목욕을 해야지, 아가!"

캥거가 생기발랄한 목소리로 말했어.

"아하!"

피글렛은 불안한 마음에 주위를 두리번거렸어. 그렇지만 주위에는 아무도 없었지.

토끼는 새끼 루를 집에 데리고 가서 놀다 보니 그새 루가 마음에 쏙 들어 버린 거야. 그래서 같이 노느라 정신이 흠뻑 빠져 있었고, 푸는 푸대로 캥거처럼 멋지게 뛰어 보리라 결심하고 아까 그 언덕에서 여태껏 뜀뛰기 연습에 열중하고 있었거든.

"가만 보자. 오늘 같은 날은 **찬물**로 목욕을 하는 것도 나쁘지 않을 듯한데. 어때, 루, 아가? 그러는 것도 괜찮겠지?"

캥거가 짐짓 배려하는 척하며 말했어.

목욕이라는 걸 결코 좋아해 본 적 없는 피글렛은 어찌할 바를 몰라 부르르 몸서리를 쳤어. 그리고 한 번 더 최대한 용기를 내어 말해 보기로 했어.

"캥거, 이제 진실을 밝힐 때가 온 것 같아."

피글렛이 말했어.

"어머, 우리 루가 이제 막 장난도 치네."

캥거가 목욕물을 준비하며 말했어.

"나는 루가 아냐. 나는 **피글렛**이라고!"

피글렛이 크게 소리쳐 말했어.

"그래, 알겠어, 아가야."

캥거는 여전히 다정한 목소리로 어르듯이 말했어.

"이제는 피글렛의 목소리까지 흉내 내는구나! 이런 똑똑하기도 하지. 다음번에는 어떤 모습을 **보여** 줄지 벌써부터 기대되네."

캥거는 이렇게 계속 모른 척을 하며 벽장에서 노란색 비누를 꺼내 들고 왔어.

"나 안 보이는 거야? 눈이 있으면 좀 봐 봐! 안 보이냐고?"

피글렛이 크게 소리쳤어.

"보고 있단다. 루. 아가야."

캥거가 엄한 말투로 바꾸어 말했어.

"엄마가 어제 분명히 그렇게 인상 쓰지 말라고 말한 거 기억 나지? 계속 그렇게 피글렛처럼 인상을 써 버릇하면, 나중에 커서 정말로 피글렛 같은 얼굴이 되고 말 거야. 그때 가서 얼마나 후회가 될지 생각해 보렴. 자 이제 목욕을 해야지. 다시는 엄마가 이 문제에 대해 말하는 일이 없게 해다오."

미처 다른 수를 쓸 새도 없이 순식간에 피글렛은 욕조로 끌려 들어갔어. 그리고 캥거는 큼지막한 스펀지를 가져와 비누 거품을 내어 피글렛을 사정없이 박박 문질렀어.

"아이고! 꺼내 줘! 나는 피글렛이란 말이야!"

피글렛이 고함을 질러 댔어.

"아가야, 그렇게 입을 벌리면 안 되지. 비누가 입안으로 들어가잖니? 그것 봐라, 내가 뭐라고 했니?"

캥거가 전혀 아랑곳하지 않고 말했어.

"캥거 너, 푸푸, 너 지금 일부러 그런 거지!"

입이 물 밖으로 나오자마자 피글렛이 씩씩거리며 외쳤어. 그러다가 잘못해서 또 비누가 잔뜩 묻은 스펀지가 입안으로 들어갔어.

"그렇지, 아가야. 목욕할 때는 조용히 하는 거야."

그러더니 이번엔 순식간에 캥거가 욕조에서 피글렛을 밖으로 빼내 수건으로 몸을 닦아 주었어.

"자, 이제는 약 먹고 자야지."

캥거가 말했어.

"무, 무, 무슨 약?"

"네가 튼튼하게 쑥쑥 자라라고 주는 약이지. 나중에 커서 피글렛처럼 작고 약해 빠지지 않도록 말이야. 자, 그럼, 먹자!"

바로 그때 누군가 문을 두드리는 소리가 들렸어.

"들어오세요!"

들어온 사람은 바로 크리스토퍼 로빈이었어.

"크리스토퍼 로빈! 크리스토퍼 로빈!"

피글렛이 펄쩍 뛰며 반갑게 소리쳤어.

"캥거한테 내가 누군지 좀 알려 줘! 캥거가 자꾸만 나보고 루라고 하는데, 나는 루가 아니잖아!"

크리스토퍼 로빈이 피글렛을 찬찬히 뜯어보고는 고개를 저었어.

"네가 루일 리는 없어. 왜냐하면 내가 방금 토끼네 집에서 놀고 있는 루를 보고 오는 길이거든."

"어머나! 이를 어쩌나! 내가 이런 실수를 다 하다니!"

캥거가 놀란 척하며 말했어.

"거 봐! 내가 말했잖아. 나는 피글렛이라고!"

피글렛의 말에 크리스토퍼 로빈은 또 고개를 저으며 말했어.

"어, 하지만 너는 피글렛이 아니야. 피글렛은 내가 잘 아는데 걔는 **피부 색깔**이 이렇지가 않거든."

피글렛은 자기가 목욕을 해서 그런 거라고 해명을 하려다가, 갑자기 그건 말하지 않는 게 좋겠다는 생각이 들어 입을 열었다 닫았어. 그리고 조금 있다 다른 말을 하려고 입을 연 순간, 캥거가 약이 든 숟가락을 재빨리 피글렛의 입안에 털어 넣는 거야. 그러고는 피글렛의 등을 툭툭 치면서 말했지.

"처음이니까 그렇지 익숙해지면 약도 먹을 만해."

그러고는 또 천연덕스럽게 말했어.

"그러게, 나도 얘가 피글렛이 아닌 건 알았는데. 그럼 얘는 누구지? 궁금하네."

캥거의 말에 크리스토퍼 로빈이 제안했어.

"아마도 얘는 푸의 친척이 아닐까? 조카나 삼촌이나 그런 거 어때?"

캥거는 그 말이 맞는 것 같다고 흔쾌히 동의하며 어쨌든 이름을 붙여 주는 게 좋겠다고 말했어.

"푸텔이라고 부르면 어때? 원래는 헨리 푸텔인데 줄여서 푸텔."

크리스토퍼 로빈이 말했어.

그렇게 자신의 새로운 이름이 지어지는 찰나, 캥거에게 붙들려 있던 헨리 푸텔이 재빨리 캥거의 팔을 비집고 빠져나왔어.

천만다행으로 크리스토퍼 로빈이 들어오면서 문을 열어 둔 걸 본 거지.

헨리 푸텔이 지금까지 살면서 그렇게 꽁지가 빠져라 빠르게 뛰어 본 건 그때가 아마 처음이었을 거야. 집이 가까워 올 때까지 한 번도 쉬지 않고 달리고 또 달렸거든. 그러다 집을 한 100미터쯤 남겼을 때던가, 푸텔은 잠시 달리기를 멈추고 남은 길은 데굴데굴 굴러서 갔어. 그렇게 해서 다시 자신만의 편안한 피부색을 되찾았지.

이렇게 해서 캥거와 루는 숲을 떠나지 않고 모두와 함께 살게 되었어. 매주 화요일이 되면 루는 절친한 친구가 된 토끼와 즐겁게 놀면서 그날 하루를 보냈고, 캥거 역시 절친한 친구가 된 푸에게 뜀뛰기를 열심히 가르쳐 주면서 하루를 보냈고, 피글렛은 원래 절친했던 친구인 크리스토퍼 로빈과 즐거운 하루를 보냈지. 그렇게 모두는 다시 행복하게 살게 되었단다.

8장 북극 '팜험'에 나선 친구들

날씨가 아주 화창했던 어느 날, 푸는 크리스토퍼 로빈이 혹시 곰들하고 놀고 싶어 하지 않을까 궁금해하며 숲 꼭대기로 올라갔어. 그날 아침 오렌지 마멀레이드를 얇게 펴 바른 벌집 한두 개로 간단히 아침 식사를 하고 있는데, 푸의 머릿속에 퍼뜩 새로운 노래 하나가 떠올랐거든. 노래는 이렇게 시작되었어.

호! 하고 노래해! 곰의 삶을 위하여!

여기까지 부르고 나서 푸는 머리를 긁적이며 속으로 생각했어.
'이 노래의 시작은 정말 마음에 든단 말이야. 그런데 둘째 줄부터는 어떻게 해야 할까?'
푸는 우선 되는 대로 '호!'를 두세 번 넣어 불러 보았어. 그런데 아무리 생각해도 그다지 탐탁치가 않은 거야.

'그러면 '호!' 대신 '하이!'를 넣어서 '하이! 하고 노래해! 곰의 삶을 위하여!'라고 하는 게 더 나을까나?'

그래서 푸는 그렇게 바꾸어 불러 보았어. 그런데 그것도 별로 마음에 들지 않았어.

'좋아, 그렇다면 말이지. 우선 첫 소절을 빠르게 두 번 반복해서 불러 봐야겠어. 그러다 보면 나도 모르게 저절로 셋째 줄, 넷째 줄을 지어 부르게 될지 몰라. 바로 그렇게 좋은 노래가 탄생하는 거 아니겠어? 자, 해 볼까?'

호! 하고 노래해! 곰의 삶을 위하여!
호! 하고 노래해! 곰의 삶을 위하여!
비가 오나 눈이 오나 나는 상관없어,
내 멋진 코에는 꿀이 잔뜩 묻었으니까!
비가 오나 눈이 오나 나는 상관 안 해!
내 멋지고 깨끗한 앞발에 꿀이 가득 있으니까!
호! 하고 노래해! 곰을 위하여!
호! 하고 노래해! 푸를 위하여!
이제 한두 시간만 있으면 간식 먹을 시간이 온다네!

푸는 이 노래가 너무도 마음에 들었어. 그래서 숲 꼭대기까지 올라가는 내내 이 노래를 부르고 또 불렀지.

'아차, 그런데 내가 이 노래를 계속 부르다 보면, 간식 먹을 시간이 점점 더 가까워져 올 텐데. 그러면 '한두 시간만 있으면

간식 먹을 시간이 온다'는 마지막 줄 가사가 사실이 아니게 될 거란 말이지.'

이런 생각이 든 푸는 마지막 줄을 가사 대신 허밍으로 바꾸어 불렀어.

푸가 도착했을 때 크리스토퍼 로빈은 현관문 밖에 앉아 부츠를 신고 있었어. 그 부츠를 보자마자 푸는 앞으로 신나는 모험이 펼쳐지리라는 예감이 들었지. 그래서 서둘러 코에 묻은 꿀을 앞발로 깨끗하게 털어 내고 최대한 단정하게 몸단장을 했어. 그래야 크리스토퍼 로빈에게 자신이 무슨 일에든 만반의 준비가 되어 있다는 사실을 확실히 보여 줄 수 있을 테니까.

"안녕, 크리스토퍼 로빈!"

푸가 큰 소리로 활기차게 인사했어.

"어, 안녕, 푸 곰! 나 있지, 발이 이 부츠에 잘 안 들어가네."

"저런, 어째."

"그래서 말인데, 너 이리 와서 내 등을 맞대고 앉아 나 좀 받쳐 줄 수 있겠니? 내가 혼자 하면 부츠를 잡아당길 때마다 계속 뒤로 벌렁 넘어지거든."

푸는 크리스토퍼 로빈의 등 뒤에 가 바닥에 앉았어. 그리고 땅을 약간 파서 발을 지탱한 다음, 등으로 크리스토퍼 로빈을 힘주어 밀었어. 그렇게 얼마가 지난 뒤, 고군분투 끝에 드디어 크리스토퍼 로빈의 발이 부츠에 쏙 들어갔어.

"자, 그럼 이건 됐고. 우리 이제 뭐 할 거야?"

푸가 기대에 가득 찬 얼굴로 물었어.

"우리는 다 같이 탐험을 떠날 거야."

크리스토퍼 로빈이 이렇게 말하며 일어나 흙을 탁탁 털어 냈어.

"고마워, 푸."

"**팜험**을 떠난다고?"

푸가 눈을 반짝이며 물었어.

"나 지금까지 한 번도 그런 건 해 본 적이 없어서 말인데, 그 팜험으로 뭐를 떠난다는 거야?"

"**탐험**이라니까, 바보 곰 같으니라고. 중간에 'ㅎ'이 들어 있잖아."

"아! 나도 알아."

푸는 이렇게 대답했지만 사실은 무슨 말인지 전혀 갈피를 못 잡았지.

"우리는 바로 북극을 발견하러 떠날 거야."

"아!"

푸가 다시 한 번 외치고는 조금 있다 소심하게 물었어.

"그런데 북극이 **뭐야**?"

"그건 있지, 그냥 발견되라고 있는 거야."

크리스토퍼 로빈이 대충 얼버무리며 말했어. 사실 자기도 북극이 뭔지 잘 몰랐거든.

"아! 그렇구나! 그런데 그걸 발견하는 데 곰들이 쓸모가 있어?"

푸가 물었어.

"물론, 쓸모가 많아. 그리고 토끼랑 캥거를 비롯해서 너희 모두가 다 필요할 거야. 그게 바로 **탐험**이라는 거거든. 모두가 일렬로 길게 줄지어서 떠나는 거야. 자, 나는 가서 내 총이 잘 있나 보고 올 테니까, 너는 다른 애들한테 가서 모두 준비하고 나오라고 알려 줘. 참, 올 때 다들 **식량**도 챙겨 오라고 말해 줘."

"뭘 챙겨 오라고?"

"먹을 거!"

"아! 난 또 네가 **식량**이라고 말한 줄 알았지 뭐야. 알겠어, 나는 다른 애들한테 말하러 갈게!"

푸는 먹을 거라는 말에 금세 기분이 좋아져서 룰루랄라 길을 나섰어.

그리고 처음으로 도착한 곳은 토끼네 집이었지.

"안녕, 토끼! 너, 토끼 맞지?"

푸가 물었어.

"만약 아니라고 가정해 보자. 그럼 어떻게 되나 보게."

토끼가 말했어.

"내가 토끼한테 할 말이 있거든."

"아, 그럼 내가 토끼에게 대신 전해 주도록 할게."

"크리스토퍼 로빈이 **팜험**을 떠나는데 우리 모두 다 같이 갈 거래."

"뭘 어떻게 떠난다는 거야?"

"보트 같은 것을 타고 떠난다는 것 같지, 아마?"

푸가 대충 둘러대며 말했어.

"아! 그런 거구나!"

"응. 그리고 극인가 뭔가를 발견할 거래. 아니, 극이 아니고 국이었던가? 아무튼 그런 걸 발견할 거래!"

"그래? 우리가?"

토끼가 물었어.

"응. 그리고 올 때 그 시…… 뭔가 하는 먹을 것을 각자 챙겨 오래. 이따 배가 고플 경우를 대비해서. 그럼 나는 이제 피글렛한테 이 소식을 전해 주러 가야겠어. 캥거한테는 네가 가서 전해 줄 수 있지?"

푸는 토끼를 떠나 서둘러 피글렛네 집으로 내려갔어.

피글렛은 자기 집 문 앞에 앉아서 행복한 표정으로 민들레 홀씨를 호호 불면서 점을 치고 있었어. 그 일은 올해 된다, 내년에 된다, 곧 된다, 절대 안 된다……. 그런데 글쎄 점괘 결과가 '절대 안 된다!'로 나온 거야. 그러자 피글렛은 방금 자기가 점을 친 '그 일'이 무엇이었는지 그만 까먹어 버렸어. 기억을 되짚어 보려 애를 써 보았지만 결국 포기하고 말았지. 그래서 대신 '그 일이 뭔지는 몰라도 안 좋은 거였으면 좋겠다.'고 생각하고 있었어. 그때 푸가 다가왔지.

"아! 피글렛!"

푸가 흥분한 목소리로 외쳤어.

"우리 오늘 **팜험** 갈 거래. 우리 다 같이! 먹을 걸 싸 가지고 뭔가를 발견하러 간대."

"뭘 발견하는데?"

피글렛이 걱정스러운 눈으로 물었어.

"아, 그냥 뭔가 있다던데."

"무서운 건 아니지?"

"크리스토퍼 로빈 말로는 절대 무섭고 그런 건 아니랬어. 그냥 'ㅎ'이 들어간다고만 했는데."

"**ㅎ**라면 나도 무섭지 않아."

피글렛이 매우 진지한 말투로 말했어.

"무서운 건 바로 무시무시한 **이빨**이지. 그렇지만 크리스토퍼 로빈이 함께 갈 거라면 뭐라도 무섭지 않을 거야."

조금 뒤 숲 정상에서 모두 모였고, 그렇게 그날의 **팜험**이 시작되었어. 크리스토퍼 로빈과 토끼가 선두를 이끌었고 그 다음으로 피글렛과 푸, 그 다음엔 캥거가 주머니에 루를 안은 채 섰고, 다음엔 올빼미, 그 다음엔 이요르, 그리고 맨 뒤에는 토끼의 모든 일가친척과 친구들이 길게 늘어섰어.

"내가 오라고 한 거 아니야!"

토끼가 먼저 선수를 치며 큰 소리로 외쳤어.

"애들이 무작정 따라온 거야. 전에도 그러곤 했잖아, 왜. 아무튼 애들이 맨 끝에, 그러니까 이요르 뒤에 붙어 가면 되니까 별 문제는 없겠지?"

"내가 한마디 해도 될까 해서 말하는데……."

이요르가 끼어들어 말했어.

"그러면 도무지 안정이 안 된단 말이야. 애초에 이 팜…… 무엇인지 푸가 말한 이 일에 내가 오고 싶어서 따라나선 것도 아니고 꼭 와야 한다고 해서 온 건데. 이왕 왔으니까 내가 먼저 이 팜…… 뭔지 하는 거시기에 꽁지로 가기로 한 거라면, 그냥 그렇게 해 주면 안 돼? 이렇게 가면 내가 앉아서 조금이라도 쉴라치면, 저 조그만 토끼 친척들하고 친구들을 다 옆으로 먼저 몰아 놓고 정리해야 되잖아. 그러면 결국 이 팜…… 거시긴지 하는 그게 우왕좌왕하다 끝나고 말 거라고. 자, 내 말 끝났어."

"나는 이요르가 무슨 말 하는 건지 이해해. 내 의견이 궁금하다면……."

문득 올빼미가 말했어.

"난 의견 같은 거 묻지 않았어. 다만 내가 모두에게 해야 할 말을 했을 뿐이야. 우리가 북극인지 뭔지를 찾으러 가건, 여기서 그냥 도토리도 따고 꽃도 따고 놀다가 개미집에서 끝내고 가건 난 상관없다고. 나한텐 그게 그거야."

이요르가 다시 투덜대는데 줄 맨 앞에서 누가 크게 소리쳤어.

"출발!"

크리스토퍼 로빈이었지.

"출발!"

올빼미도 따라 외쳤어.

"출발한다. 나 이만 가 봐야겠어!"

토끼가 이렇게 말하고 재빨리 **팜험대**의 맨 앞으로 뛰어가서 크리스토퍼 로빈 옆자리에 섰어.

"좋아, 좋다고. 가면 되잖아. 괜히 나중에 나한테 뭐라고 하지 마."

이요르가 말했어.

그렇게 모두는 다 함께 극을 발견하기 위해 길을 떠났어. 그리고 걸어가는 동안 서로 재잘재잘대며 이런저런 잡담을 나누었지. 그러나 푸만은 예외였어. 푸는 그 사이 바쁘게 노래를 만들고 있었거든.

"이게 바로 1절이야."

한참 깊은 생각에 빠져 있다가 비로소 푸가 피글렛에게 말했어.

"무슨 1절?"

"내 노래."

"무슨 노래?"

"이 노래."

"그게 뭔데?"

"그건 들으면 알게 될 거야. 자, 피글렛, 들어 봐."

"내가 듣는지 안 듣는지 네가 어떻게 알 수 있어?"

푸는 대답하려다가 마땅한 대답이 생각이 안 나서 그냥 노래를 시작했어.

모두 함께 극을 발견하러 떠난다네.

올빼미, 피글렛, 토끼 그리고 모두들.

그것은 발견하라고 있는 무엇이라고 하네.

올빼미, 피글렛, 토끼 그리고 모두가 그렇게 말했어.

이요르, 크리스토퍼 로빈 그리고 푸,

거기다 토끼의 일가친척들도 모두 함께 떠난다네.

극이 어디 있느냐, 그건 아무도 모른다네.

헤이! 하고 노래해! 올빼미, 토끼 그리고 모두를 위해!

"쉿!"

그때 크리스토퍼 로빈이 푸를 돌아보며 손짓했어.

"우리는 지금 막 위험한 지역에 들어섰어."

"쉿!"

푸가 피글렛을 보며 외쳤어.

"쉿!"

캥거도 올빼미에게 외쳤어.

"쉿! 쉿! 쉿!"

루도 가만히 중얼거렸어. 아무에게도 들리지 않도록 작은 소리로 몇 번이고 계속해서 말하고 또 말했지.

"쉿!"

그사이 올빼미가 이요르에게 전했어.

"쉿!"

이요르가 겁이라도 주려는 듯 무서운 목소리로 토끼의 일가 친척과 친구들에게 말했어.

"쉿!"

토끼의 일가친척과 친구들도 맨 뒤까지 차례로 급하게 이 말을 전달했어. 그 와중에 맨 마지막에 있던 토끼의 꼬맹이 친척 하나는 모든 **팜험대**가 모두 나서서 '쉿!' 하고 외쳐대자 겁을 잔뜩 먹고 당황한 나머지, 땅의 갈라진 틈을 찾아 머리를 박고 엎드렸어.

그리고 그 친구는 위험이 사라질 때를 기다려 한 이틀 동안 더 그러고 있다가, 나오자마자 한달음에 꽁지가 **빠져라** 집으로 달려가서는 같이 살던 친척 아주머니와 오래오래 조용하게 살았다고 해. 그 꼬맹이 토끼의 이름은 알렉산더 비틀이라고 전해 내려오지.

이윽고 일행은 냇가에 다다랐어. 그 냇물은 높게 솟은 바위들 사이에서 험한 지형을 따라 굽이굽이 아래로 흐르고 있었고, 크리스토퍼 로빈은 보자마자 한눈에 그곳이 얼마나 위험한 곳인지 알 수 있었지.

"이곳은 자칫하다가는 **급습**을 당하기 쉬운 곳이야."

크리스토퍼 로빈이 모두에게 알렸어.

"그건 무슨 **숲**을 말하는 거야? 뭐 **가시덤불 숲** 같은 건가?"

푸가 피글렛의 귀에 대고 속삭였어.

"이런, 푸야. 너 **급습**이 뭔지 모르는 거야?"

올빼미가 잘난 체하며 끼어들어 말했어.

"올빼미야."

피글렛이 올빼미를 나무라는 눈길로 바라보며 근엄하게 말했어.

"푸는 나만 들으라고 조용히 귓속말로 말한 거잖아. 굳이 네가 나설 이유는 없……."

"급습이란 말이지, 말하자면 깜짝 놀라게 하는 행동이야."

올빼미가 피글렛의 말을 끊으며 얘기했어.

"가시덤불 숲도 어떤 땐 그렇던데."

푸가 중얼댔어.

"안 그래도 너한테 막 설명해 주려고 했는데, 급습이란 말이야. '상대를 깜짝 놀라게 하는 행동'을 나타내는 낱말이야."

피글렛이 푸에게 말했어.

"사람들이 너한테 갑자기 뛰어들어 널 놀라게 하면, 그걸 바로 **급습**이라고 해."

올빼미가 바로 덧붙여 설명해 주었어.

"푸야, 사람들이 너한테 갑자기 뛰어들어 널 놀라게 하면 그게 바로 **급습**이란다."

피글렛도 푸에게 덧붙여 설명했어.

이제 **급습**이 무슨 뜻인지 알게 된 푸가 말하기 시작했어. 언젠가 자기가 나무에서 떨어졌는데 그때 자기 앞에 가시덤불이 불쑥 나타나서, 그 가시를 다 떼어 내느라 무려 6일이 걸렸다고.

"지금 우리가 가시덤불 숲 이야기를 하는 게 **아니잖아!**"

올빼미가 약간 짜증 난다는 듯 말했어.

"나는 맞는데."

아랑곳하지 않고 푸도 말했어.

일행은 이제 시냇가 바위 위를 하나하나 매우 조심스럽게 건너가고 있었어. 그렇게 얼마나 더 앞으로 나아갔을까, 어느새 냇가 양옆으로 넓고 평평한 풀밭이 나타났어. 모두가 앉아서 쉬기에 충분한 공간이었지. 크리스토퍼 로빈이 외쳤어.

"중지!"

그 말에 모두가 휴식을 취하기 위해 앉았어.

"지금부터 우리가 싸 온 **식량**을 꺼내 먹도록 하자. 그러면 짊어지고 가야 할 짐도 줄어들 테니까."

크리스토퍼 로빈이 말했어.

"우리가 싸 온 뭘 먹는다고?"

푸가 물었어.

"우리가 가져온 먹을 거 말이잖아."

피글렛이 도시락을 풀며 말했어.

"그것 참 듣던 중 반가운 소리네!"

푸도 순식간에 도시락을 펼쳤어.

"다들 빼놓지 않고 다 가져왔겠지?"

크리스토퍼 로빈이 입안에 음식이 가득한 채로 물었어.

"어라, 나만 빼고 다 가져왔네. 역시 늘 그렇지."

이요르가 느릿느릿 말하며 우울한 표정으로 주변을 둘러보았어.

"누구 혹시 엉겅퀴 풀 위에 앉아 있는 애 없니?"

"어, 내가 그런 것 같은데."

푸가 재빨리 일어나 뒤를 돌아보았어.

"아우! 맞네, 맞아. 역시 그런 줄 알았다니까."

푸가 말했어.

"고마워, 푸. 괜찮다면 옆으로 좀 비켜 줄래?"

이요르는 푸 자리로 건너가서 푸를 옆으로 보내고는 엉겅퀴 풀을 뜯어 먹기 시작했어.

"거 말이지, 이렇게 풀 위에 털썩 앉아 버리면 풀이 다 엉망이 되잖니."

이요르가 입안에 풀을 넣고 우물우물 씹으며 말했어.

"원래 싱싱했던 애들이 금방 이렇게 시들해지잖아. 너희들 말이야, 다음번에는 한 걸음 멈춰 서서 잠깐만 생각을 좀 해 주렴. 다른 이들을 조금만 생각해 주면, 그 약간의 배려가 커다란 차이를 만드는 법이라고."

크리스토퍼 로빈은 자신이 싸 온 점심을 다 먹고 나서 토끼를 은근하게 불러 뭐라고 귓속말로 속삭였어.

"응, 응, 그럼. 물론이고말고."

토끼가 이렇게 대꾸하고 둘은 같이 냇가 위쪽으로 걸어 올라갔어.

"다른 애들이 들으면 안 좋을 것 같아서 말이야."

걸어가며 크리스토퍼 로빈이 말했어.

"아무렴, 그렇지."

토끼가 우쭐해하며 말했어.

"그게, 내가 하려던 말이 뭐냐 하면……. 조금 궁금해져서 말인데……, 아마 너도 모를지도 모르지만 토끼 너 혹시 북극이 어떻게 생겼는지 알아?"

"글쎄……. 너, 몰랐던 거야?"

토끼가 콧수염을 쓰다듬으며 말했어.

"사실 전에는 알았었거든. 그런데 그만 깜박 잊어버렸어."

크리스토퍼 로빈이 별로 큰일은 아니라는 듯 대답했어.

"그것 참 신기하네. 그게, 나도 전에는 알았었는데 지금 잠시 깜박 잊어버렸거든."

토끼가 말했어.

"아마도 내 생각엔 땅에 꽂혀 있는 장대 같은 거 아니었나 싶어."

크리스토퍼 로빈이 말했어. 영어로 '극(pole)'에는 '장대, 막대'라는 뜻이 있거든.

"그게 당연히 그렇지 않을까? 아무래도 명칭을 '극'이라고 한 걸 보면 말이야. 그리고 그게 장대가 맞다면 아무래도 땅에 꽂혀 있어야겠지. 땅이 아니라면 다른 어디에 꽂혀 있겠어?"

토끼가 맞장구치며 말했어.

"그렇지? 나도 그렇게 생각하고 있었어."

"문제가 하나 있다면…… 그게 과연 어디에 꽂혀 있냐 하는 거야."

토끼가 진지한 표정으로 말했어.

"그래서 바로 우리가 찾으러 온 거 아니겠어?"

크리스토퍼 로빈이 말했어.

둘은 그렇게 대화를 마치고 일행이 있는 쪽으로 돌아오기 시작했어. 그새 피글렛은 바닥에 누워서 세상모르게 편안한 모습으로 잠들어 있었고, 루는 냇물에서 얼굴과 발을 씻고 있었고, 캥거는 그 모습을 보고 기뻐서 어쩔 줄 몰라 하며 모두에게 자랑을 늘어놓고 있었어. 처음으로 저렇게 혼자서 세수를 한 거라나 뭐라나. 한편, 그런 캥거의 귀에 대고 올빼미는 백과사전이 어떠니, 진달랫과 식물인 철쭉이 어떠니 하며 어려운 말을 잔뜩 섞어서 재미있는 이야기랍시고 열심히 떠들고 있었어. 물론 캥거의 귀에는 그 말이 하나도 들어오지 않았지만.

"세수 한 번 한 것 가지고 뭐 저렇게 야단법석이람."

이요르는 이요르답게 구시렁거렸어.

"현대식 세수법이라며 귀 뒤에까지 씻어야 한다느니 뭐라니, 정말 말도 안 돼. 푸, 넌 어떻게 생각해?"

"글쎄…… 내 생각엔……."

안타깝게도 우리는 그것에 대한 푸의 생각을 영영 듣지 못할 것 같아. 그때 갑자기 첨벙하고 누군가 물에 빠지는 소리와 함께 루의 비명 소리가 들렸거든. 곧이어 캥거의 절박한 외침도 들려왔어.

"거봐, 내가 뭐랬어."

이요르가 말했어.

"루가 물에 빠졌어!"

토끼가 이렇게 외치면서 크리스토퍼 로빈과 함께 루를 구출하기 위해 부리나케 달려오기 시작했어.

"나 수영하는 것 좀 봐요!"

루는 물웅덩이 한가운데서 신나서 소리쳤어. 그러더니 금세 물길에 휩쓸려 폭포를 타고 그 밑에 있는 물웅덩이로 휩쓸려 갔어.

"아가야, 루, 너 괜찮니?"

캥거가 안절부절못하며 외쳤어.

"네! 나 봐요! 나 수여……."

말이 채 끝나기도 전에 루는 다시 폭포에 휩쓸려 더 아래에 있는 물웅덩이로 휩쓸려 갔지.

모두가 루를 돕기 위해 혈안이 되어 있었어. 갑자기 잠이 확 달아난 피글렛도 자리에서 일어나 폴짝폴짝 뛰며 '어, 어떡해!' 하고 안타까운 비명을 계속해서 질러 댔고, 올빼미는 '이런 종류의 갑작스럽고 위급한 입수 사태에는 반드시 머리를 물 밖에 내놓고 있어야 한다'느니 하는 입바른 소리를 해 댔고, 캥거는 "아가야, 루, 너 정말 괜찮은 거니?" 하고 외치며 루를 따라 정신없이 냇가 밑으로 뛰어 내려갔어. 그 상황에서도 루는 자기가 어떤 상황에 처했는지는 전혀 개의치 않고 단지 '나 수영하는 것 좀 봐요!' 하고 신나게 외쳤어. 이요르는 루가 처음에 빠졌던 물가에 가만히 서 있다가 느릿느릿 몸을 뒤로 돌려 물에 꼬리를 담그고는 구시렁거리며 말했어.

"세수한다고 법석을 떨더니만 꼴이 그게 뭐람. 어쨌든 꼬맹이 루야, 내 꼬리를 잡으렴. 그러면 무사할 거야."

그 순간 크리스토퍼 로빈과 토끼가 이요르를 급히 스쳐 지나가며 앞에 있는 이들을 향해 외쳤어.

"괜찮을 거야, 루! 내가 가고 있거든!"

"누가 가서 뭘 좀 집어다 맨 아래쪽 냇가에 걸쳐 놓으라고 해 봐."

토끼도 거들었어.

이때 다름 아닌 푸가 무엇인가를 손에 들고 있었어. 루보다 두 웅덩이 앞선 곳에서 긴 장대 하나를 들고 있었지. 푸는 그 장대를 가로로 뉘여 건너편으로 보냈고, 바로 건너편으로 캥거가 와서 장대의 다른 쪽 끝을 잡았어. 그러자 물웅덩이 위를 가로질러 장대가 놓였지. 그리고 여전히 자랑스럽게 '나 수영하는 것 좀 봐요!' 하고 외치며 내려오던 루가 그 장대를 잡고 밖으로 나왔어.

"나 수영하는 거 봤어요?"

루는 아직도 신이 나서 외쳤고, 캥거는 루를 점잖게 꾸짖으며 몸을 닦아 주었어.

"푸 형, 나 수영하는 거 봤어요? 내가 한 게 바로 수영이라는 거예요! 수영이요! 저기 토끼 형, 내가 하는 거 봤어요? 내가 수영을 했어요! 저기 피글렛 형! 안 들려요, 피글렛 형? 내가 한 게 뭔지 알아요? 수영이에요! 크리스토퍼 로빈, 내가 수영하……."

그러나 크리스토퍼 로빈은 루의 말에는 전혀 관심이 없었고, 대신 푸만 뚫어져라 쳐다보고 있었어.

"푸, 너 그 장대 어디서 찾은 거야?"

크리스토퍼 로빈이 물었어.

"그냥 있기에 집어 왔어. 쓸모가 있을 것 같아서. 저기 땅에 꽂혀 있던 걸 집어 왔지."

푸는 자기 손에 들려 있는 장대를 바라보며 대답했어.

"푸야."

크리스토퍼 로빈이 진지한 얼굴로 입을 열었어.

"**탐험**은 끝났어. 네가 바로 **북극**을 찾아낸 거야."

"와!"

푸가 외쳤어.

일행은 모두 원래 있던 자리로 돌아갔어. 단, 이요르만은 아직까지도 물가에서 꼬리를 물에 담근 채 앉아 있었지.

"누가 좀 가서 루한테 서두르라고 말해 줘. 내 꼬리가 점점 차가워지고 있단 말이야. 이 얘기는 사실 안 하려다가 그냥 하는 거야. 불평을 하려는 건 아니지만 그래도 이건 좀 그렇잖아. 정말이지 내 꼬리가 너무 차가워졌거든."

"저 여기 있는데요!"

이요르가 말하고 있는데 루가 큰 소리로 외치며 다가왔어.

"어, 너 어디 있었던 거니?"

"내가 수영하는 거 봤어요?"

이요르는 그제야 꼬리를 물에서 빼내어 옆으로 흔들어 물기를 털었어.

"내 이럴 줄 알았어. 감각이 없네, 없어. 완전 마비되어 버렸어. 내 이렇게 될 줄 알았다니까. 마비가 되어 버렸다고. 뭐, 아무도 신경을 안 쓰는군. 그렇다면 뭐 나도 괜찮은 거겠지."

"가엾은 이요르! 내가 말려 줄게."

크리스토퍼 로빈이 와서는 주머니에서 손수건을 꺼내 이요르의 꼬리를 말려 주었어.

"고마워, 크리스토퍼 로빈. 꼬리를 이해해 주는 사람은 역시 너밖에 없다니까. 남들은 몰라. 그게 요즘 사람들 문제이긴 하지만 말이야. 쯧쯧, 다들 상상력이 빈곤해 빠져서. 자기들한테 꼬리가 없다고, 그냥 뒤에 달린 쓸모없는 장식품 정도로 생각해 버리고 말이야."

이요르가 말했어.

"너무 괘념치 말아, 이요르."

크리스토퍼 로빈이 꼬리를 세게 문질러 주며 말했어.

"이제 좀 어때? 나아졌어?"

"아까보다는 확실히 더 꼬리같이 느껴지네. 다시 내 몸으로 돌아온 것 같은 느낌이랄까? 내 말이 무슨 뜻인지 이해한다면 말이야."

"어이, 이요르!"

푸가 자신이 찾은 장대를 손에 들고 다가오며 외쳤어.

"어, 푸. 물어봐 줘서 고마워. 그런데 아직도 하루나 이틀은 더 있어야 전처럼 쓸 수 있을 것 같아."

"쓰다니, 뭘?"

푸가 물었어.

"우리가 지금 이야기하고 있는 거 말이야."

"나 아무 얘기도 안 하고 있었는걸!"

푸가 진심으로 영문을 모르겠다는 듯 고개를 갸우뚱했어.

"이런, 내가 또 헛짚었잖아. 나는 또 푸 네가 내 꼬리를 걱정해 주는 줄 알았지 뭐야. 지금 내 꼬리가 마비된 것 때문에 뭐 도와줄 게 있냐고 나한테 물어보는 건 줄 알았어."

"아니. 아니었어."

푸가 이렇게 말하고는 잠시 뭔가 곰곰이 생각하더니 다정한 목소리로 이렇게 말했어.

"아마도 나 말고 다른 애들은 그랬을 거야."

"그래? 그럼 다른 애들을 보면 고맙다고 전해 줘."

푸가 어쩔 줄 몰라 하며 크리스토퍼 로빈을 쳐다보았어.

"푸가 북극을 찾아냈어. 정말 대단하지 않니?"

때마침 크리스토퍼 로빈이 말했어.

푸는 겸손한 표정을 지으며 땅 밑을 내려다보았어.

"정말이야?"

이요르가 물었어.

"응. 정말이야."

크리스토퍼 로빈이 답했어.

"그게 우리가 찾으러 왔던 그거야?"

"그렇대."

푸가 답했어.

"아……! 그래? 뭐 어쨌든 비는 안 왔으니까."

이요르가 말했어.

그리고 나서 **팜험대** 일행은 모두 모여 푸가 찾아온 장대를 땅에 꽂았어. 그리고 크리스토퍼 로빈이 그 위에다 다음과 같은 문구가 쓰인 나무판을 매달았지.

북극
푸가 발견하다

그리고 모두는 다시 집으로 향했어. 내가 기억하는 바에 의하면, 확실하지는 않지만 루는 아마 뜨거운 물로 목욕을 하고 바로 잠자리에 든 것 같아. 반면 푸는 곧장 집으로 가서 오늘 자신이 한 일을 스스로 뿌듯하게 생각하며, 기운을 북돋고자 맛있는 간식을 챙겨 먹었단다.

9장 빗물에 잠겨 떠내려갈 뻔한 피글렛

어느 날 비가 내리기 시작하더니 그치지 않고 계속 오고, 오고, 또 왔어. 피글렛은 혼잣말로 중얼거렸어. 살면서 지금처럼 비가 많이 오는 적도 처음이라고. 그런데 **피글렛이 몇 살이나 됐냐고?** 음, 한 세 살이나 네 살 정도 되었을까? 어쨌든 비는 하루 이틀 그리고 며칠이 지나도록 계속 내렸어.

'만약.'

피글렛이 창문 밖을 내다보며 생각했어.

'비가 오기 시작했을 때 내가 푸네 집이나 크리스토퍼 로빈네 집, 토끼네 집에 있었다면 얼마나 좋았을까? 그랬으면 지금까지 혼자 쓸쓸하게 있는 대신 친구랑 함께 있었을 텐데. 이렇게 아무것도 못하고 비가 언제 그칠지나 기다리는 신세라니……'

그러면서 피글렛은 푸와 대화하는 장면을 머릿속으로 그려

보았어.

"푸. 지금껏 이렇게 비가 많이 온 적이 없었지?"

그러면 푸가 대답하겠지.

"그러게. 정말 **끔찍하지** 않니, 피글렛?"

그럼 피글렛은 이렇게 말할 거야.

"크리스토퍼 로빈네 집으로 가는 길이 무사할지 궁금해."

그럼 푸는 이렇게 말하겠지.

"불쌍한 토끼네 집은 지금쯤 물에 잠기지나 않았나 모르겠네."

푸와 이런 이야기를 주고받고 있었다면 지금쯤 정말 즐거웠을 텐데. 비가 이렇게 억수같이 내리는 날엔 다른 누군가와 함께 지낼 수 없다면 별로 재미가 없단 말이야.

사실 비가 이렇게 많이 내리다니 생각해 보면 참으로 신기한 일이 아닐 수 없었어. 피글렛이 툭하면 코를 박고 쿵쿵대던 마른 도랑은 물이 차 어느새 냇물이 되었고, 첨벙대며 간신히 건너가던 시냇물은 불어나 강물이 되었고, 신나게 뛰어 노는 놀이터였던 강변은 차오른 물이 번져 나가면서 사방이 물바다가 되어 버렸거든. 이러다가 그 물이 언젠가 자기 방까지 쳐들어오는 건 아닌가 하고 피글렛은 조금씩 조바심이 나기 시작했어.

'난 몸집이 무척 작은 동물이라 사방이 이렇게 물로 둘러싸이니 조금 **불안해지는걸**.'

피글렛이 속으로 말했어.

'크리스토퍼 로빈과 푸라면 비를 피하러 **나무 위로** 올라가면 될 테고, 캥거라면 **펄쩍 뛰어 달아나면** 될 테고, 토끼라면 **땅굴**을 파고 들어가 숨으면 될 테고, 올빼미라면 하늘로 **날아가면** 될 테고, 이요르는 누가 구조해 주러 올 때까지 **큰 소리로 소리 지르면** 될 텐데. 나는 꼼짝없이 물에 둘러싸여서 **아무것도 할 수가 없네.**'

비는 그칠 기미도 없이 계속해서 내렸고 물은 매일 조금씩 더 불어났어. 그러다가 급기야는 거의 피글렛의 집 창문에 닿을 정도까지 차올랐지. 그런데 이를 어쩌나, 피글렛은 여전히 아무 대책도 세워 놓지 못한 상태였어.

'푸는 어떨까…….'

피글렛이 속으로 생각했어.

'푸는 머리가 별로 좋진 않지만, 그래도 그리 잘못되는 경우는 없단 말이야. 맨날 바보 같은 짓을 하는 것 같은데 나중에 보면 항상 끝이 좋단 말이지. 그렇다면 올빼미는? 올빼미는 머리가 그렇게 좋다고 할 수는 없지만 대신 아는 게 많아. 사방이 물에 잠겨도 어떻게 대처해야 하는지 알고 잘 처신할 거야. 음, 토끼는 어떨까? 그게 토끼는 공부를 많이 해서 많이 아는 건 아니지만, 항상 기똥찬 계획을 잘도 생각해 낸단 말이야. 캥거는 그럼? 캥거도 그렇게 똑똑하지는 않아. 하지만 루를 끔찍이 아끼다 보니 별로 생각하지 않아도 좋은 방법을 절로 찾아내더라고. 그리고 또 참, 이요르도 있지. 이요르는? 글쎄, 이요르는 비가 안 와도 원래 맨날 청승을 떨며 우울해하니까 비가 조금 더 온

다고 해서 별 다를 게 없겠지. 그렇다면 크리스토퍼 로빈은 이 상황에서 어떻게 할까?'

그러다 문득 피글렛의 머릿속에 전에 크리스토퍼 로빈이 했던 이야기가 떠올랐어. 어떤 남자가 무인도에 홀로 갇히게 되었는데 병에다 편지를 넣어 바다로 띄워 보냈다는 이야기였지. 그래서 피글렛은 자기도 병에 편지를 넣어 물 위에 띄워 보내면, 누군가 보고 자기를 구조하러 올지도 모르겠다고 생각했어!

창가에 서 있던 피글렛은 방 안으로 들어가서 집 안을 샅샅이 뒤졌어. 물에 아직 젖지 않은 것들 위주로 열심히 뒤지다 보니, 어디서 연필과 작은 메모지 한 장 그리고 코르크 마개가 달린 병이 나왔어.

피글렛은 그 종이를 가져다가 한쪽 면에 썼어.

도와줘!
피글렛이.(나야.)

그리고 종이를 뒤집어서 뒷면에는 이렇게 썼어.

나야, 피글렛. 도와줘!
도와줘!

그렇게 쓴 다음에는 종이를 병에 집어넣고, 최대한 힘을 주어 코르크 마개로 병을 꼭 막았어. 그리고 창문가로 가서 밖으

143

로 떨어지지 않도록 몸을 벽에 붙인 뒤, 상체를 최대한 멀리 내밀고 있는 힘껏 세게 병을 던졌어.

첨벙!

잠시 후 병이 물 위로 떠올랐고, 피글렛은 창가에 서서 멀어져 가는 병을 하염없이 바라보았어. 눈이 욱신거릴 때까지 보고 또 보았지. 조금씩 멀어지던 병은 어느새 희미해져서 병 같아 보이기도 하다가, 그냥 출렁이는 물결의 일부 같아 보이기도 하다가 결국은 사라져 버렸어. 피글렛은 속으로 '아, 이제는 저 병을 다시 보지 못하겠구나.' 하고 예감하며, 이제 스스로를 구하기 위해 할 수 있는 일은 다 했다는 생각이 들었어.

'이제는 누군가 날 구조하러 와 주길 기다리는 수밖에 없겠구나. 그게 너무 늦지는 않았으면 좋겠다. 안 그러면 내가 여기를 헤엄쳐 나가야 하니까. 그런데 결정적으로 나는 수영을 못한단 말이지. 제발 누구라도 빨리 알고 와 주었으면……'

피글렛이 길게 한숨을 내쉬며 말했어.

"푸가 여기 있다면 얼마나 좋을까. 나 혼자 말고 둘이 같이 있다면 훨씬 더 힘이 될 텐데."

한편, 비가 오기 시작했을 때 푸는 한창 잠을 자고 있었어. 비가 오고, 오고, 또 오는 동안 푸는 자고, 자고, 또 잤던 거지. 그도 그럴 것이 요전 날 푸가 워낙 피곤했었거든. 푸가 북극을 발견했던 이야기 아직 기억하지? 푸는 생각하면 할수록 그 일이 너무 자랑스럽게 느껴지는 거야. 그래서 결국 크리스토퍼 로빈을 찾아 가서 **머리가 별로 좋지 않은 곰**이 발견할 수 있을 만한 또 다른 '극'이 있는지 물어보았어.

"다른 극이라면 **남극**이 있어. 그리고 사람들이 별로 이야기하려 하지는 않지만 분명히 어딘가 **동극**과 **서극**도 있을 거야."

크리스토퍼 로빈이 이렇게 답해 주었어.

푸는 이 말을 듣고 마음이 매우 들떠서 크리스토퍼 로빈에게 같이 동극 **팜험**을 떠나자고 제안했어. 그러나 크리스토퍼 로빈은 이미 캥거랑 다른 계획을 세워 놓았던 탓에, 푸는 결국 혼자서 동극 발견을 하러 나섰지.

푸가 그날 동극을 발견했는지 못했는지는 나도 잘 기억이 안나. 어찌됐든 푸는 그날 밤 무척 피곤한 몸을 이끌고 집에 돌아왔어. 그리고 식탁에 앉아 저녁을 먹기 시작했는데 한 30분 남짓 먹었을까, 의자에 앉은 채로 잠이 들어 버린 거야. 그때부터 그 상태로 자고, 자고, 또 잤어.

그러다 언젠가부터 꿈도 꾸기 시작했어. 푸가 동극에 가 있는 꿈이었는데, 동극은 정말이지 곳곳이 차가운 눈과 얼음으로 뒤덮여 있는 그런 곳이었어. 거기서 푸는 벌집을 하나 발견해서 그 안으로 잠을 자러 들어갔어. 그런데 벌집이 너무 작아서 다리가 채 들어가지 않는 거야. 하는 수 없이 푸는 다리를 밖으로 **빼놓고** 잠들었지.

그런데 한참 자는 동안 동극에 서식하는 야생 우즐들이 날아왔어. 그리고 푸 몸에 달라붙어 자기들 새끼를 위한 둥지를 만든답시고 푸의 다리털을 몽땅 다 뽑아 간 거야. 털이 없어질수록 다리에선 점점 더 심한 추위가 느껴졌고, 그러다 결국은 '아우!' 하는 비명 소리와 함께 푸는 눈을 떴어. 그리고 맨 먼저 발견한 건, 물이 차오른 방 한가운데에서 물속에 발이 잠긴지도 모르고 의자에 앉은 채 잠든 자신의 모습이었지!

푸는 첨벙거리며 물살을 가르고 건너가 급히 문밖을 내다보고는 이렇게 말했어.

"이거 사태가 심각한걸. 피신해야겠어."

푸는 우선 가장 큰 꿀단지를 하나 가지고 나가서 물에 닿지 않을 만한 높이에 있는 튼튼한 나뭇가지를 골라 그 위에 올려놓았어. 그리고 다시 내려와서 다른 단지들을 들고 그 과정을 되풀이했지. 그렇게 차례대로 꿀단지들을 모두 피신시키는 데 성공하자, 푸 자신도 나뭇가지로 기어 올라가 열 개의 꿀단지 옆에 앉았어. 다리를 달랑달랑 앞뒤로 흔들면서…….

이틀이 지났어. 다리를 달랑달랑 흔들면서 푸는 그 자리에 그대로 앉아 있었어. 푸 옆에 이제는 꿀단지가 단 네 개만 남아 있었지.

사흘이 지났어. 여전히 다리를 달랑달랑 흔들면서 푸는 그 자리에 그대로 앉아 있었어. 꿀단지가 이제는 단 하나밖에 남지 않았지.

나흘이 지났어. 푸는 여전이 그 자리에 있었어. 그렇지만 그 옆에는……

바로 나흘째가 되던 날 아침, 피글렛이 띄워 보낸 병이 푸 옆으로 지나갔어.

"앗, 꿀이다!"

푸는 큰 소리로 외치며 순식간에 물속으로 첨벙 뛰어들었어. 허우적거리며 병을 손에 넣고 다시 나뭇가지로 돌아와 보니 이런, 그건 꿀이 아니었지.

"뭐 이래!"

푸가 투덜대며 병을 열었어.

"몸만 홀딱 젖어 버리고 괜한 헛수고했네. 그런데 이 종이는 뭐람?"

푸는 종이를 꺼내 찬찬히 살펴보았어.

"어, 이건 **미시지**잖아!"

푸가 크게 외쳤어.

"맞아, 맞아. 여기 쓰여 있는 이 글자는 'ㅍ'이니까. 저 글자도 그렇고, 저기도 또 있네. 음, 'ㅍ'은 바로 '푸'를 의미한단 말이야. 그렇다면 이건 나에게 매우 중요한 **미시지**임이 틀림없어. 그런데 이건, 영 무슨 말인지 읽을 수가 있어야 말이지. 글자를 읽을 수 있는 유식한 크리스토퍼 로빈이나 올**빼**미, 아니면 피글렛 같은 애들을 찾아가서 물어봐야겠다. 그러면 나한테 온 이 **미시지**가 무슨 뜻인지 알려 줄 거야. 아 참, 나는 수영을 못하는데 어떡한담. 큰일이네!"

147

그때 불현듯 푸에게 좋은 생각이 떠올랐어. **머리 나쁜 곰**이 그 정도 생각을 해냈다는 건 정말로 대단한 일이 아닐 수 없어. 푸는 혼잣말을 했어.

"이 병이 물에 떴다는 얘기는, 바로 내 꿀단지도 물에 뜰 수 있을 거라는 말이야. 그렇다면 내 꿀단지를 물에 띄우고 그 위에 앉아 가면 되는 거 아닐까? 잘만 고르면 나도 앉을 수 있을 만큼 큰 단지가 있을 거야."

그런 생각에 이른 푸는 자기한테 있던 가장 큰 단지를 가져다가 우선 입구를 코르크 마개로 잘 막았어.

"보트라면 모름지기 이름이 있어야 하는 법, 나는 내 보트를 '떠다니는 곰' 호라고 짓겠어."

푸는 이렇게 말하며 자신의 전용 보트를 물 위에 띄웠어. 그리고 그 위에 올라탔지.

하지만 푸와 '떠다니는 곰' 호는 한동안 격렬한 실랑이를 벌여야 했어. 푸가 '떠다니는 곰' 호의 위로 가야 할지, 밑으로 가야 할지 갈피를 잡지 못했거든. 그렇지만 한두 번 정도 엎치락뒤치락하는 사투 끝에, 마침내 푸는 의기양양한 표정으로 '떠다니는 곰' 호 위에 앉는 데 성공했어. 그리고 발로 힘차게 노를 저어 앞으로 나가기 시작했지.

크리스토퍼 로빈의 집은 숲속에서 가장 높은 언덕의 꼭대기에 있었어. 그래서 비가 오고, 오고, 또 왔어도 크리스토퍼 로빈의 집까지 물이 차오르는 일은 없었지. 처음엔 빗물로 여기저기 사방에 계곡이 생겨난 숲속 경치를 내려다보는 일이 꽤나 재미있었어. 그러나 시간이 지나도 비가 그칠 기미가 보이지 않자, 크리스토퍼 로빈은 집 안에 들어와 거의 대부분의 시간을 이런저런 생각을 하며 보냈지.

매일 아침마다 크리스토퍼 로빈은 우산을 쓰고 밖으로 나가서 물이 차오른 맨 가장자리에 나뭇가지를 꽂았어. 그런데 다음 날 밖에 나가 보면 어느새 물에 잠겨 그 나뭇가지가 안 보이는 거야. 그러면 또 다른 나뭇가지를 가져다 물이 올라온 곳에 꽂아 놓았고, 그 다음 날도 매일매일 꼬박꼬박 그렇게 나뭇가지를 꽂아 놓고 돌아왔어. 나갔다가 집까지 돌아오는 거리는 매일 아침 조금씩 짧아졌지.

닷새째가 되는 날 아침, 밖에 나간 크리스토퍼 로빈은 집 주변이 온통 물에 잠겨 있는 걸 목격하게 되었어. 그런 일은 크리스토퍼 로빈이 난생처음으로 겪는 일이었지. 진짜로 섬에서 살게 되다니! 참으로 흥분되는 일이었어.

그날 아침, 올빼미가 물 위를 날아서 놀러 왔어.

"잘 지내, 크리스토퍼 로빈?"

올빼미가 인사를 했어.

"있지, 올빼미야. 봐 봐, 이거 정말 신나는 일이지 않니? 내가 섬에서 살게 되었어!"

크리스토퍼 로빈이 말했어.

"최근에 대기 상태가 매우 악화되다 보니 이렇게 되었네."

올빼미가 말했어.

"뭐라고?"

"요즘 들어 비가 많이 왔다고!"

올빼미가 다시 말했어.

"그렇지. 맞아."

크리스토퍼 로빈이 동의했어.

"수위가 전례 없는 수준까지 차올랐으니까."

올빼미가 또 유식한 말을 했어.

"뭐라고?"

"물이 많이 불었다고!"

올빼미가 또다시 말했어.

"맞아. 그렇지."

"하지만 앞으로의 기상 상태가 빠르게 호전되고 있으니까 조만간……."

"너 푸 봤니?"

"아니. 그래서 조만간……."

"아무쪼록 푸가 무사해야 할 텐데."

크리스토퍼 로빈이 올빼미의 말을 무시하고 계속 말했어.

"슬슬 푸가 잘 있나 걱정이 되거든. 피글렛도 푸랑 같이 잘 있겠지? 올빼미야, 너는 어떻게 생각해? 그 애들 잘 있겠지?"

"그렇겠지. 그래서 조만간……."

"올빼미야, 아무래도 네가 좀 가서 보고 와 줘. 푸가 머리가 나빠서 혹시 모르고 바보 같은 짓을 할지도 모르는데, 나는 푸를 정말 좋아한단 말이야, 올빼미야. 내 말 무슨 말인지 알지?"

"알겠어. 내가 가서 보고 바로 돌아올게."

올빼미가 이렇게 말하고 날아갔다가 얼마 안 돼 곧 돌아왔어.

"푸가 없어."

"푸가 집에 없다고?"

"얼마 전까지만 해도 있었거든. 집 밖 나뭇가지 위에서 꿀단지 아홉 개를 끼고 앉아 있는 걸 봤단 말이지. 그런데 지금은 없네."

"오, 푸! 이런, 너 어디 간 거니?"

크리스토퍼 로빈이 애타는 목소리로 외쳤어.

그때 등 뒤에서 어떤 목소리가 답했어.

"나, 여기 있어."

"푸야!"

둘은 달려가 서로 부둥켜안았어.

"푸야, 너 어떻게 여기까지 온 거야?"

크리스토퍼 로빈이 잠시 숨을 고르고 나서 물었어.

"내 보트를 타고 왔지!"

푸가 자랑스럽게 외쳤어.

"나한테 매우 중요한 미시지가 병에 담겨 전달되었는데, 글쎄 내 눈에 물이 들어가서 글씨를 읽을 수가 없는 거야. 그래서 여기로 가지고 왔어. 내 보트를 타고!"

자초지종을 자랑스럽게 설명하며 푸는 크리스토퍼 로빈에게 미시지가 적힌 종이를 건네주었어.

"어디 보자, 이건 피글렛한테서 온 메시지인데!"

크리스토퍼 로빈이 메모를 읽으며 외쳤어.

"그럼 푸에 대한 이야기는 없는 거야?"

푸가 어깨 너머로 흘끗 메모를 훔쳐보며 물었어.

크리스토퍼 로빈이 메시지의 내용을 큰 소리로 읽어 주었어.

"아, 그 'ㅍ'이 피글렛을 의미하는 'ㅍ'이었던 거구나? 나는 또 내 이름 푸를 말하는 건 줄 알았지 뭐야."

"우리 당장 피글렛을 구하러 가야 해! 푸야, 나는 지금까지 피글렛이 너랑 같이 있는 줄 알았거든. 올빼미야, 네가 가서 피글렛을 태워 올 수 있겠니?"

"그건 안 될 것 같은데."

올빼미가 잠시 고심하는 척하더니 말했어.

"내 날개로는 버티기가 힘들 것 같아."

"그렇다면 너는 당장 날아가서 피글렛에게 우리가 구조하러 갈 거라고 전해 줘. 그러면 나랑 푸가 구조할 방법을 생각해서 최대한 빨리 가도록 할게. 아무 말도 하지 말고 어서 가, 올빼미야!"

안 그래도 뭔가 대꾸할 말을 찾고 있던 올빼미가 입을 다물고 급히 날아갔어.

"푸야, 이제 우리도 가 볼까? 그런데 네 보트는 어디에 있어?"

크리스토퍼 로빈이 물었어.

"사실은 말이야."

푸가 섬의 끝자락으로 걸어가면서 설명했어.

"내 보트는 그냥 보통 보트가 아니야. 보트로 쓸 수 있긴 하지만, 어쩌다가 엉겁결에 만들게 된 거거든. 그래서 그때그때 사정에 따라 달라."

"무슨 사정?"

"내가 그 위에 있느냐 밑에 있느냐 하는 그런……."

"아, 그렇구나! 그런데 그게 어디 있는데?"

푸가 자랑스럽게 '떠다니는 곰' 호를 가리키며 말했어.

"저기!"

그 보트는 크리스토퍼 로빈이 전혀 예상하지 못했던 발명품이었어. 보면 볼수록 크리스토퍼 로빈은 뜻밖인 푸의 재치에 놀라며, 푸에게 이렇게 영리하고 용감한 면이 있었나 생각했어. 그리고 크리스토퍼 로빈이 그런 내색을 보일수록 푸는 더욱 겸연쩍은 표정을 지으며 고개를 숙이고 대수롭지 않은 일이라는 듯 행동했지.

"그런데 우리 둘이 타기엔 너무 작다."

크리스토퍼 로빈이 낙심한 목소리로 말했어.

"피글렛까지 타면 셋이 타야 해."

"그러게. 그러니 더 안 되지. 아, 푸 곰아, 우리는 이제 어떻게 해야 되지?"

바로 그때, 이 곰, 푸 곰이라 하기도 하고 위니 더 푸라고 하기도 하는, 또 피친(피글렛의 친구)이기도 하고 토동(토끼의 동무), 극발자(극을 발견한 자), 이위자(이요르를 위로하는 자) 및 이꼬자(이요르의 꼬리를 찾아 준 자)이기도 한 푸가 예상치도 못한 너무도 기발한 생각을 해냈어. 그 바람에 크리스토퍼 로빈은 할 말을 잃고서 한동안 입을 헤벌리고 멍하니 푸를 쳐다보았지. 지금 자기 앞에 있는 이 곰이 정말 이제껏 자기가 오랫동안 좋아하며 친구로 지내 왔던 그 머리 나쁜 곰이 맞긴 한가 의구심이 들어서 말이야.

"네 우산을 타고 가면 어떨까?"

푸가 한 말이었어.

"?"

"네 우산을 타고 가면 될 것 같은데."

푸가 다시 말했어.

"??"

"네 우산을 타고 가면 될 것 같다고."

푸가 또 말했어.

"!!!!!!"

그제야 크리스토퍼 로빈은 그게 무슨 말인지 깨달았어. 충분히 가능한 이야기였지. 크리스토퍼 로빈은 당장 달려가서 우산을 가져와 꼭지를 거꾸로 해서 물 위에 펼쳤어. 무사히 물에 뜬 우산은 물결을 따라 흔들거렸지.

먼저 푸가 그 안에 올라탔어. 그리고 '이제 괜찮으니 들어와.' 라고 말하려는데, 아뿔싸 정말 괜찮은 게 아니라는 사실을 몸소 체험해 버렸지 뭐야. 우산이 뒤집혀 본의 아니게 물을 꼴깍 마셔 버린 거야. 푸는 허우적거리며 크리스토퍼 로빈이 있는 뭍으로 다시 올라왔어. 그리고 이번엔 둘이 동시에 올라탔어. 그랬더니 보트는 더 이상 흔들리지 않았지.

"나는 이 보트를 '푸의 명석함' 호라고 부르겠어."

그리고 '푸의 명석함' 호는 빙글빙글 돌면서 순조롭게 남서 방향으로 항해를 해 나갔어.

마침내 이 보트가 눈앞에 나타났을 때, 피글렛이 정말 얼마나 기뻤을지 한번 상상을 해 봐. 먼 훗날, 피글렛은 이때를 회상하면서 자기가 이 엄청난 홍수를 맞아 얼마나 위급한 상황에 처했었는지, 또 그 역경을 어떻게 극복했는지 즐겨 생각하곤 했어. 그런데 사실 피글렛이 정말 위기 상황에 빠졌던 건 구출될 즈음 딱 30분 정도에 불과했어.

그때의 상황을 말하자면, 올빼미가 날아와 나뭇가지 위에 앉아서 나름 피글렛을 위로해 준답시고 자기 친척 아주머니에 관한 이야기를 밑도 끝도 없이 늘어놓고 있던 중이었어. 그 아주머니가 실수로 그만 갈매기의 알을 낳았는데 어쩌고저쩌고……. 올빼미의 이야기는 지루하게 계속되었고, 결국 희망을 거의 포기한 채 창가에 앉아 올빼미의 이야기를 듣고 있던 피글렛은 자기도 모르게 스르르 잠이 들고 말았어. 피글렛은 자기 몸이 조금씩 창밖으로 쏠리는 것도 모르고 더욱 깊은 잠에 빠졌고, 겨우 발가락만으로 아슬아슬하게 버티고 있을 때쯤 다행히도 올빼미가 '꽥' 하고 크게 소리를 질렀어. 그것도 사실 올빼미는 이야기를 하는 도중에 자기 아주머니가 질렀다는 비명 소리를 흉내 낸 거였지만 말이야. 아무튼 그 소리에 잠이 확 깬 피글렛은 깜짝 놀라 몸을 추스르고는 멍하니 자기가 무슨 말을 하는지도 모르고 한마디 했어.

"그거 정말 재미있다. 정말 그랬단 말이야?"

그리고 바로 그때 보트가 눈앞에 나타났던 거야! 피글렛이 얼마나 기뻤을지 보지 않아도 충분히 상상이 되지? 자그마치 바다를 가로질러 친히 자신을 구조하러 오는 '푸의 명석함' 호(선장 C. 로빈, 1등 항해사 'ㅍ' 곰)를 보았으니 말이야.

자, 이렇게 이 이야기는 끝이 나. 그리고 나도 설명을 길게 하다 보니 조금 힘이 드네. 오늘은 여기서 이만 끝내도록 하자.

10장 용감한 푸를 위한 특별한 파티

해님이 다시 5월의 향기를 머금고 돌아와 숲을 향해 따스한 햇살을 비추어 주던 날이었어. 숲속 곳곳에서 시냇물은 눈부신 햇빛을 받아 반짝이며 아름다운 자태를 뽐내고, 작은 연못들은 얼마 전 자연의 엄청난 힘을 목격한 후 눈덩이처럼 불어났었던 몸집을 꿈처럼 뒤로 하고 다시금 잔잔하게 흘렀지.

따뜻하고 고즈넉한 숲 안에서는 뻐꾸기가 조심스레 목소리를 가다듬으며 맘에 드는 소리를 내기 위해 애쓰고 있었고, 산비둘기들은 별것 아닌 문제로 서로 내 탓이니 네 탓이니 잘못을 떠넘기면서 소일 삼아 아웅다웅 말다툼을 벌이고 있었지.

바로 그날, 크리스토퍼 로빈이 하늘에 내고 자기만의 특별한 방식으로 휘파람을 불었어. 백 에이커 숲에 살던 올빼미가 그 소리를 듣고 날아왔어.

"크리스토퍼 로빈, 무슨 일이야?"

"아, 내가 파티를 열려고 하거든."

크리스토퍼 로빈이 대답했어.

"네가 파티를, 정말?"

올빼미가 되물었어.

"응. 근데 그냥 파티가 아니야. 푸가 해낸 일을 기리기 위한 특별한 파티를 열려는 거야. 푸가 홍수가 났을 때 피글렛을 구했잖아."

"아, 그런 거였어?"

올빼미가 김이 샌 듯 말했어.

"응, 그러니까 네가 최대한 빨리 날아가서 푸랑 다른 애들한 테 이 소식을 전해 줄래? 파티를 내일 당장 할 예정이거든."

"오, 정말? 내일?"

올빼미는 그래도 최대한 호의적으로 보이려 애쓰며 말했어.

"그러니까 가서 말해 줄 거지, 올빼미야?"

올빼미는 똑똑하게 한마디 하려고 머리를 짜내다 결국 포기하고서 말없이 다른 친구들한테로 날아갔어. 처음으로 찾아간 곳은 바로 푸네 집이었지.

"푸야, 크리스토퍼 로빈이 내일 파티를 열 거래."

올빼미가 푸에게 소식을 전했어.

"이야!"

이렇게 말하며 푸는 올빼미를 쳐다보았어. 그리고 왠지 올빼미의 눈빛이 자기가 말을 더 하기를 바라는 것 같다는 느낌이 들어서 조금 생각하다가 또 물었어.

"그럼 케이크에 분홍색 설탕 아이싱 같은 걸로 예쁜 장식도 할 거래?"

올빼미는 자기가 분홍색 설탕 아이싱인지 뭔지 케이크 장식 같이 하찮은 것에 대해 이야기하면 격이 떨어진다고 생각했어. 그래서 크리스토퍼 로빈이 전해 주라는 말만 똑같이 전달하고 는 서둘러 다음 차례인 이요르에게 날아갔어.

'나를 위한 파티라고?'

혼자 남은 푸가 속으로 생각했어.

'이거 정말 멋진 일인걸!'

그러다 보니 이내 궁금해졌어. 다른 친구들도 그게 푸를 위해 열리는 특별한 파티라는 걸 알고 오는 걸까? 자신이 직접 발명한 '떠다니는 곰' 호와 '푸의 명석함' 호에 대해서, 또 그 보트가 멋지게 항해를 마친 일에 대해서, 크리스토퍼 로빈이 다른 친구들에게 충분히 설명을 해 준 걸까? 설마 이 파티가 어떤 파티인지 아무도 모르고 오는 것은 아니겠지?

이런 생각을 하면 할수록 푸의 머릿속은 더욱 뒤죽박죽 뒤엉키기 시작했어. 마치 제대로 되는 일이 아무것도 없는 꿈속에 들어와 있는 기분이었지. 또 그 꿈을 계속해서 떠올리다 보니, 급기야 푸의 머릿속에서 노래가 되어 들리기 시작했어. 그렇게 다음과 같은 노래가 탄생했지.

머릿속이 혼란스러운 푸의 노래

푸를 위해 축배를! 건배! 건배! 건배!

(누구를 위해?)

푸를 위해!

(왜, 걔가 뭘 했는데?)

너는 아는 줄 알았는데…….

푸가 물에 휩쓸려 갈 뻔한 친구를 구했거든!

곰을 위해 축배를! 건배! 건배! 건배!

(누구라고?)

곰이라고!

수영을 못하는데도 불구하고,

푸는 용케도 피글렛을 구해 냈거든!

(누구를 구했다고?)

아, 좀 들으라고!

푸에 대해 얘기하고 있잖아…….

(누구?)

푸!

(미안해, 자꾸 잊어버려서.)

그게, 푸는 머리가 엄청 좋은 곰이거든.

(다시 한 번 말해 줄래?)

머리가 엄청 좋다고…….

(엄청 뭐라고?)

하긴, 엄청 먹어 대기는 하지.

그리고 걔가 원래 수영을 할 수 있는지는 잘 모르겠지만,

어쨌든 물 위에 뜨는 데 성공했어.

보트 같은 것을 타고서!

(뭐 같은 거라고?)

그러니까 꿀단지 같은 거라고…….

그러니 이제는 푸에게 진심 어린 축배를 들자고!

(그러니 이제 푸에게 진심 어린 뭐를 하자고?)

그리고 세월이 흐르고 흘러도 푸가 우리와 함께하기 기원하자
고!

또 부와 건강, 명석함도 늘 발전해 나가길!

푸를 위해 축배를! 건배! 건배! 건배!

(누구를 위해?)

푸를 위해!

곰을 위해 축배를! 건배! 건배! 건배!

(누구라고?)

곰이라고!

위대한 곰돌이 푸를 위해 축배를! 건배! 건배! 건배!

(누가 좀 알려 줘 봐, 걔가 도대체 뭘 했는데?)

푸의 머릿속에서 이런 노래가 무한 반복되고 있는 동안 올빼
미는 이요르에게 가서 파티 소식을 전했어.

"이요르, 크리스토퍼 로빈이 파티를 열 계획이래."

올빼미가 소식을 전했어.

"그것 참 흥미로운걸."

이요르가 중얼거리며 말했어.

"그런데 가면 나한테는 누가 실수로 밟아서 못 먹는 그런 걸 던져 주겠지? 아이고, 다들 어찌나 친절하고 사려가 깊은지…….
괜찮아, 그런 소식은 안 전해 줘도 돼."

"여기 정식 초대장을 가져왔어."

"뭐라고?"

"초대장이라고!"

"알아, 들었어. 들었다고. 누가 그걸 떨어뜨렸대?"

"먹는 것 이야기하는 게 아니야. 너를 파티에 오라고 초대하는 초대장이라고! 바로 내일이야!"

그 말에 이요르는 또 느릿느릿 고개를 저었어.

"네가 말하는 건 피글렛 이야기겠지. 남의 이야기를 무척 잘 들어 주는 그 작은 꼬마 친구 말이야. 그 애는 피글렛이야. 내가 가서 전해 줄게."

"아니! 아니라니까!"

슬슬 짜증이 나기 시작한 올빼미가 큰 소리로 외쳤어.

"너라고, 너!!"

"정말 확실해?"

"그럼, 확실하고말고! 크리스토퍼 로빈이 모두에게 다 전해 주라고 했어. 전부 빠뜨리지 말고 전하라고."

162

"모두에게 그렇지만 이요르만 빼고?"

"모두 다라니까."

올빼미가 볼멘소리로 대꾸했어.

"아! 그렇다면 틀림없이 실수한 걸 텐데. 그렇지만 아무튼 가긴 갈게. 다만 비가 오더라도 내 탓은 하지 마."

그러나 다음 날 비는 오지 않았어. 크리스토퍼 로빈은 기다란 나무판자를 가져다가 식탁을 만들었고 모두가 모여 빙 둘러앉았어. 우선 한쪽 맨 끝자리에 크리스토퍼 로빈이 앉았고, 푸가 반대편 끝자리에 앉았어. 그리고 그 사이 한쪽 편으로는 올빼미와 이요르, 피글렛이 앉고, 그 맞은편으로는 토끼와 캥거, 그리고 루가 앉았어. 토끼의 일가친척과 친구들도 따라와서 풀밭에 모두 흩어져 앉았지. 그러고는 누군가 혹시라도 자기들에게 말을 걸어 주지 않을까, 어쩌면 먹을 걸 떨어뜨려 주지 않을까, 그것도 아니면 시간이라도 물어보지 않을까 하고 기대에 찬 마음으로 기다렸어.

한편 루는 이 자리가 난생처음으로 와 보는 파티였고, 그래서 너무도 신이 난 나머지 자리에 가만히 있지 못하고 쉴 새 없이 엉덩이를 들썩거렸어. 또 자리에 앉자마자 계속해서 뭐라고 떠들기 시작했지.

"푸 형, 안녕!"

루가 흥분한 목소리로 푸에게 인사했어.

"안녕, 루!"

푸도 반갑게 인사했어.

잠시 후 또 루가 자리에 가만히 있지 못하고 폴짝폴짝 뛰다가 말했어.

"피글렛 형, 안녕!"

말할 틈도 없이 먹느라 바빴던 피글렛은 말없이 앞발만 내밀어 인사했어.

"이요르 형, 안녕!"

루가 또 인사말을 건넸어.

"곧 비가 올 거야. 아닐 수도 있지만, 두고 보면 알겠지."

이요르는 시무룩한 표정으로 루를 보며 말했어.

루는 그 말을 듣고 정말 비가 오는지 보려고 하늘을 쳐다보았어. 그렇지만 비가 오지 않자 곧바로 또 다른 이를 찾아 인사했어.

"올빼미 형, 안녕!"

"안녕, 귀여운 꼬마 친구!"

올빼미는 사근사근한 목소리로 짧게 인사만 하고, 다시 고개를 돌려 크리스토퍼 로빈에게 하고 있던 이야기를 마저 계속했어. 크리스토퍼 로빈도 모르는 어떤 친구 이야기였는데 그 친구가 하마터면 사고를 당할 뻔했다느니 아니라느니 뭐 그런 내용이였지.

"아가야, 말은 나중에 하고 우유 먼저 마시렴."

캥거가 루에게 말했어.

우유를 마시던 루는 자신이 우유를 먹는 동시에 말도 할 수 있다는 것을 보여 주고 싶었어. 그런데 그러다 그만⋯⋯. 쯧. 결국은 한참 동안이나 캥거가 루의 등을 두드려 줘야 했지. 마시던 우유도 흘리는 바람에 마를 때까지 한참 기다려야 했고.

그렇게 모두가 어느 정도 배불리 먹었을 때쯤 크리스토퍼 로빈이 숟가락으로 테이블을 탕탕탕 치며 모두의 관심을 모았어. 모두 하던 이야기를 멈추고 조용해졌지. 그중에 루만 빼고 말이야. 루는 그때 하필 딸꾹질이 시작되어 주위에 다 들릴 정도로 시끄럽게 딸꾹거리고는, 그 소리가 자기가 낸 소리가 아니고 토끼의 친척이 낸 소리인 것처럼 시치미를 뚝 뗐어.

"이 파티는 보통 파티가 아니랍니다."

크리스토퍼 로빈이 말을 시작했어.

"이 파티는 우리 중 한 친구가 용감한 일을 해서 그 일을 축하하기 위해 연 파티예요. 다들 그게 누구를 말하는 건지는 잘 알고 있겠죠. 바로 그 친구를 위한 파티랍니다. 그리고 그의 선행을 기리기 위해 제가 작은 선물을 하나 준비했습니다. 자, 여기⋯⋯."

크리스토퍼 로빈이 주위를 더듬다가 당황한 듯 작은 소리로 말했어.

"어라, 어디 갔지?"

크리스토퍼 로빈이 열심히 선물을 찾는 동안 이요르가 갑자기 다른 이들의 주목을 끄는 헛기침을 두어 번 하고 말을 꺼냈

어.

"친구들 그리고 그 나머지 여러분들, 다들 바쁜 와중에도 제 파티를 위해 이 자리에 와 주셔서 정말 반가움을 금할 수 없습니다. 아니, 그보단 지금까지 여기 있어 줘서 매우 반가웠다고 말해야 할까요? 사실 제가 한 일은 그리 대단한 일도 아니었답니다. 여러분들 중 토끼와 올빼미, 캥거를 빼고는 누구라도 똑같이 했을 만한 일이죠. 아, 참, 푸도 빼야겠네요. 물론 제가 말하는 대상 중에 피글렛과 루는 해당 사항이 없습니다. 그 둘은 너무 조그맣거든요. 아무튼 여러분 중 누구라도 똑같이 했을 일을 한 것뿐입니다. 어쩌다 우연히 제가 하게 된 것뿐이죠. 이미 다들 잘 알고 계시겠지만, 그것은 절대 크리스토퍼 로빈이 지금 찾고 있는 선물을 받기 위해 한 일이 아니랍니다."

그러더니 이요르는 앞발 한쪽을 들어 입에 대고 크리스토퍼 로빈을 향해 남들에게 다 들리는 귓속말을 했어.

"탁자 밑도 한번 살펴봐 봐!"

그리고는 다시 모두를 향해 고개를 돌려 말했지.

"저는 다만 곤경에 빠진 친구를 돕기 위해 누구나 했을 만한 일을 한 것뿐이랍니다. 우리 모두……."

"따, 딸꾹!"

루가 본의 아니게 큰 소리로 딸꾹질을 했어.

"루! 아가!"

캥거가 루를 나무라며 주의를 주었어.

"그런데 이요르가 지금 뭐라는 거야?"

피글렛이 푸의 귀에다 대고 속삭였어.

"나도 몰라."

잔뜩 울상이 된 푸가 대답했어.

"이 파티 너를 위한 거 아니었어?"

"나도 한때는 그런 줄 알았는데 아닌가 봐."

"나는 이요르보다는 차라리 푸 너를 위한 파티가 좋은데."

피글렛이 말했어.

"나도 그렇게 생각해."

푸도 동의했어.

"따, 딸꾹!"

루가 또 크게 딸꾹질을 했어.

"제가 이 자리를 빌려 하고자 하는 말은……."

이요르가 심각한 표정을 지으며 더욱더 힘주어 한마디 한마디 말하기 시작했어.

"음, 사방에서 시끄럽게 방해를 하는 바람에 못했는데 제가 하려던 말은 바로……."

"찾았다!"

그때 크리스토퍼 로빈이 흥분한 목소리로 소리쳤어.

"자, 이걸 우리 바보 곰에게 좀 전달해 줘. 이건 푸에게 주는 거야."

"푸한테 주는 거라고?"

이요르가 실망스러운 목소리로 말했어.

"그럼! 세상에서 최고로 멋진 곰한테 주는 거지!"

"그렇지, 진즉 알아챘어야 하는데. 하긴, 그렇다고 이제 와 뭐라고 불평할 순 없지. 비록 어제서야 누군가 나한테 말해 준 사실이지만, 나에게도 친구들이 있으니까. 그리고 지난주였던 가? 아니면 지지난 주였던가? 토끼가 우연히 나랑 마주쳤을 때, '이런!'이라고 말했던 게. 뭐, 으레 누굴 만나더라도 하는 얘기겠지만. 예상치 못한 일은 언제나 일어나기 마련이지."

그러나 이요르 말을 듣고 있는 이는 아무도 없었어.

"푸야, 어서 열어 봐."

"푸야, 선물이 뭐니?"

"나는 뭔지 알고 있지롱."

"거짓말, 너 모르잖아."

모두들 푸에게 이야기를 하느라 정신이 없었지.

푸는 단숨에 포장지를 뜯었어. 그리고 혹시라도 포장에 쓰인 '끈'은 나중에 유용하게 쓸 일이 있을지도 모르니까 자르지 않고 살살 조심스럽게 풀었어. 그렇게 마침내 선물이 모습을 드러냈어!

푸는 선물을 보고 너무나 감격해서 그만 바닥에 주저앉을 **뻔** 했어. 선물은 **특별 제작된 필통**이었는데, 그 안에는 여러 종류의 연필이 가득 담겨 있었어. 우선 '곰(Bear)'을 의미하는 B가 새겨 진 연필, '도움을 주는 곰(Helping Bear)'을 의미하는 HB 연필,

'용감한 곰(Brave Bear)'을 의미하는 BB 연필이 있었고, 연필 깎기용 칼도 있었고, 거기다 글자를 잘못 썼을 때 언제든 쉽게 지울 수 있도록 지우개도 있었어. 또 글씨를 가지런히 쓸 수 있도록 줄을 긋거나 몇 센티미터인지 궁금할 때 언제든 재 볼 수 있는 자도 있었고, 중요한 말은 파랑, 빨강, 초록색으로 쓸 수 있도록 파란 색연필, 빨간 색연필, 초록 색연필도 있었어. 게다가 이 모든 필기도구가 각각 딱 맞게 만들어진 전용 칸에 담겨 있어서 원하면 언제든지 딸깍하고 열고 닫을 수 있게 되어 있었어. 그리고 이 모든 게 전부 푸를 위한 선물이었지!

"와!"

푸가 탄성을 질렀어.

"와, 푸!"

이요르를 뺀 나머지도 일제히 탄성을 질렀어.

"정말 고마워!"

푸는 기쁜 마음을 감추지 못했어.

그러나 이요르만은 뒤에서 이렇게 구시렁거렸지.

"이 필기도구며 하는 것들, 연필이고 뭐고 다 과대평가된 것이라니까. 뭐, 내 의견을 굳이 묻는다면 그래. 다들 아무것도 아닌 걸 가지고 뭘 저렇게 유치하게……."

얼마 뒤, 모두가 크리스토퍼 로빈에게 '안녕.' 혹은 '고마웠어.' 하며 작별 인사를 하고 집으로 돌아갔어. 푸와 피글렛도 평소처럼 둘이 함께 해 질 녘 황금빛 하늘을 뒤로 하고 나란히 집으로 걸어갔지. 한참 동안 둘은 아무 말 없이 걷기만 했어.

"푸야, 너는 아침에 일어나면 맨 처음 생각하는 게 뭐야?"

피글렛이 마침내 입을 열어 푸에게 물었어.

"아침으로 뭘 먹을까 하는 생각."

푸가 대답을 하고 피글렛에게도 똑같이 물었어.

"피글렛 너는 뭔데?"

"나는 있지…… **오늘은 또 어떤 신나는 일이 벌어질까** 하는 생각."

피글렛의 대답에 푸가 깊이 생각하는 표정으로 고개를 끄덕이며 말했어.

"내 말이 바로 그 말이야."

"그러고 나서는 어떻게 되었어요?"

크리스토퍼 로빈이 저에게 물었습니다.

"언제를 말하는 거야?"

"다음 날 아침이요."

"나도 모르지."

"다음에 생각해서 저랑 푸에게 이야기해 주면 안 돼요?"

"네가 정말 많이 원한다면."

"푸가 그렇대요."

크리스토퍼 로빈이 푸 팔꿈치를 대며 말했습니다.

그런 다음 일어나서 '휴' 하고 깊게 한숨을 한 번 내쉬고는 곰의 다리를 잡고 문 쪽으로 걸어갔습니다. 그렇게 또 위니 더 푸가 질질 끌려간 것이지요.

"저 목욕하는 거 보러 오실 거죠?"

크리스토퍼 로빈이 문 앞에서 뒤를 돌아보고 말했습니다.

"그럴까?"

"그런데 푸가 선물받은 필통이 제 것보다 더 좋은 거였나요?"

"네 거랑 똑같은 거였어."

제가 대답했습니다.

크리스토퍼 로빈이 가만히 머리를 끄덕이고 밖으로 나갔습니다. 그리고 바로 들을 수 있었지요. 크리스토퍼 로빈 뒤로 푸가 계단 올라가는 소리를. **쿵, 쿵, 쿵.**

백 에이커 숲으로 놀러 오세요!

런던 빅토리아 역에서 기차를 타고 한 48km 정도 남쪽으로 내려가 서식스 지방에 이르면, 푸와 피글렛, 이요르, 토끼, 올빼미, 캥거와 루 그리고 크리스토퍼 로빈이 살던 백 에이커 숲이 나온다. 물론 이 숲의 실제 이름은 애시다운 숲(Ashdown Forest)이고, 푸와 친구들은 작가의 창작으로 태어난 상상 속 캐릭터이다. 하지만 이 중에 상상이 아니라 실재했던 인물이 하나 있다. 바로 크리스토퍼 로빈이다.

크리스토퍼 로빈 밀른은 『곰돌이 푸(Winnie-the-Pooh)』의 작가인 앨런 알렉산더 밀른의 외동아들로 1920년에 영국 런던에서 태어났다. 『곰돌이 푸』가 출판된 해가 1926년이니 작품 속에 등장한 크리스토퍼 로빈은 아마도 대여섯 살쯤 되었다고 보면 되겠다. 크리스토퍼 로빈의 가족은 주말이나 휴가철이면 매번 애시다운 숲 근처 농장에 가서 지내곤 했는데, 지금도 그곳에 가면 크리스토퍼 로빈의 어린 시절 기억이 가득한 백 에이커 숲이 '푸 코너'라는 이름으로 남아 있다고 한다. 앨런 밀른은 잠자리에 드는 아들에게 들려주기 위해 『곰돌이 푸』를 썼고, 실제 푸와 다른 동물 친구들은 모두 크리스토퍼 로빈이 가지고 놀던 인형을 모델로 했다고 한다.

이야기를 통해 짐작할 수 있겠지만, 크리스토퍼 로빈이 가장 아끼던 인형은 바로 곰 인형이었다. 그 곰 인형의 이름이 푸가 된 이유에는 두 가지 이야기가 있다. 하나는 크리스토퍼 로빈이 런던 동물원에서 제일 좋아하던 흑곰인 '위니'(캐나다 위니펙 출신의 군인 주인이 고향을 그리며 지은 이름)와 여행길에서 만난 '푸'라는 고니가 합쳐져서 '위니 더 푸'가 되었다는 이야기 밖 버전이다. 그리고 다른 하나는 푸가 나무 위 꿀을 따러 풍선을 잡고 하늘에 올랐다가 위로 뻗쳤던 팔이 한동안 내려오지 않아 파리가 콧등에 앉으면 '푸, 푸' 하고 입으로 불어 쫓다가 '푸'라는 이름을 얻었다는 이야기 속 버전이다.

진짜 어떤 과정으로 이름을 얻었는지 그 판단은 독자에게 맡기겠다. 어찌 됐든 그 후로 '위니 더 푸'가 세계에서 가장 유명한 곰 이름이 되었다는 것만은 분명하다. 세계 각국의 언어로 번역 출판되었고, 디즈니 만화 영화로 각색되어 세계적인 성공을 거두었으며,

오늘날까지도 전 세계 아이들의 사랑을 듬뿍 받고 있으니 말이다.

　처음에는 아이들 책이라는 가벼운 마음으로 번역을 시작한 게 사실이다. 그렇지만 작업을 하면서 그저 아이들 책으로 치부해 버리기에는 어른인 나에게도 느끼게 해 주는 것이 무척 많았다. 반짝이는 재치와 유머, 천진난만한 동심과 우정, 엉뚱하지만 미워할 수 없는 하나하나의 캐릭터, 그 속에서 거부감 없이 전달되어 오는 가슴 따뜻한 메시지……. 오히려 아이들보다는 어른들에게 전해지는 것들이 더 많지 않을까.

　잠자리에 든 아들 머리맡에 앉아 사근사근 이야기를 들려주는 작가, 그때 작가의 머릿속에는 아들이 아끼는 동물 인형이 모두 살아 움직이며 백 에이커 숲에서 아들과 함께 신나게 뛰어노는 모습이 펼쳐졌으리라. 떠오르는 장면을 이야기하는 동안 아들의 반응에 따라 이야기의 줄거리도 때때로 바뀌었으리라. 그렇게 문득 나도 그 작가의 입장이 되어 푸의 이야기를 독자들에게 전하고 싶어졌다.

　한 가지 다른 점이 있다면 나는 한 사람만이 아닌 되도록 많은 아이들과 어른들이 나와 같은 즐거움을 얻길 바랐다는 것이다.

항상 엉뚱한 행동을 하지만 결과는 늘 좋은 푸와 그런 푸의 절친한 친구인 꼬마 돼지 피글렛, 늘 구시렁거리는 우울한 당나귀 이요르, 재치 있는 듯 얄밉기도 한 토끼와 아는 척 대장인 올빼미, 불청객으로 왔지만 결국 모두의 사랑을 독차지하게 된 캥거와 루. 그리고 그 가운데서 모두의 친구이자 영웅인 크리스토퍼 로빈. 그들이 겪은 사건 하나하나는 어느새 내가 직접 옆에서 본 일처럼 남아, 이따금씩 나도 모르게 미소를 머금고 상상하게 된다. 가시덤불 숲을 보면 푸가 떠오르고, 민들레 홀씨를 보면 피글렛이 떠오르고, 분홍색 설탕 아이싱이 들어간 케이크를 보면 이요르가 떠오른다. 그들을 마음에 품고 살아간다면 세상이 그렇게 팍팍한 곳만은 아닐 것 같다. 백 에이커 숲에 푸와 친구들이 여전히 살아 있는 것처럼, 이 세상엔 늘 나를 아끼고 사랑해 주는 가족과 친구들이 있으니까.

옮긴이 전하림

kidult edition, **f** *classics*

곰돌이 푸

초판 1쇄 2018년 6월 20일
지은이 앨런 알렉산더 밀른 | **옮긴이** 전하림 | **펴낸이** 신형건
펴낸곳 (주)푸른책들 | **등록** 제321-2008-00155호
주소 서울특별시 서초구 양재천로7길 16 푸르니빌딩 (우)06754
전화 02-581-0334~5 | **팩스** 02-582-0648
이메일 prooni@prooni.com | **홈페이지** www.prooni.com
카페 cafe.naver.com/prbm | **블로그** blog.naver.com/proonibook
ISBN 978-89-6170-665-0 03840

＊ 잘못된 책은 구입한 곳에서 바꾸어 드립니다.

이 도서의 국립중앙도서관 출판시도서목록(CIP)은 서지정보유통지원시스템 홈페이지(http://seoji.nl.go.kr)와
국가자료공동목록시스템(http://www.nl.go.kr/kolisnet)에서 이용하실 수 있습니다.
(CIP제어번호: CIP2018014380)

표지 및 본문 그림 | 원유미

f 에프 블로그 blog.naver.com/f_books